PIESEK PRZYDROZNY

路边狗

Czeslaw Milosz

[波兰] 切斯瓦夫·米沃什 / 著

赵玮婷 / 译

南方出版传媒
花城出版社
中国·广州

图书在版编目（CIP）数据

路边狗／（波）切斯瓦夫·米沃什著；赵玮婷译
． —— 广州：花城出版社，2016.11（2018.5重印）
（蓝色东欧／高兴主编．第3辑）
ISBN 978-7-5360-7955-7

Ⅰ．①路… Ⅱ．①切… ②赵… Ⅲ．①散文集－波兰－现代 Ⅳ．①I513.65

中国版本图书馆CIP数据核字(2016)第285253号

合同版权登记号：图字19-2013-180号
PIESEK PRZYDROZNY
Copyright © 1997，Czeslaw Milosz
All rights reserved

出 版 人：詹秀敏
丛书策划：朱燕玲　孙虹
出版统筹：李倩倩　夏显夫　欧阳佳子
责任编辑：杜小烨　欧阳佳子
技术编辑：薛伟民　凌春梅
装帧设计：棱角视觉 ANGULAR VISION

书　名	路边狗
	LU BIAN GOU
出版发行	花城出版社
	（广州市环市东路水荫路11号）
经　销	全国新华书店
印　刷	恒美印务（广州）有限公司
	（广州南沙经济技术开发区环市大道南路334号）
开　本	880毫米×1230毫米　32开
印　张	8.25　2插页
字　数	106,000字
版　次	2016年11月第1版　2018年5月第2次印刷
定　价	39.00元

本书中文专有出版权归花城出版社独家所有，非经本社同意不得连载、摘编或复制。
如发现印装质量问题，请直接与印刷厂联系调换。
购书热线：020-37604658　37602954
欢迎登陆花城出版社网站：http://www.fcph.com.cn

路边狗

目　录
CONTENTS

记忆，阅读，另一种目光（总序）／高兴 ／ 1
只言片语，包罗万象（中译本前言）／赵玮婷 ／ 1

路边狗　　路边狗 ／ 3
　　1　　　局限 ／ 4
　　　　　　眼睛 ／ 5
　　　　　　失控 ／ 5
　　　　　　寻找 ／ 6
　　　　　　不是我的 ／ 6
　　　　　　审判 ／ 7
　　　　　　阿尼玛 ／ 8
　　　　　　老人 ／ 8
　　　　　　我也曾喜欢 ／ 9
　　　　　　光有意识就够了吗 ／ 9
　　　　　　与造物主换位思考 ／ 10

1

专注 / 11

代替 / 12

暂时的与虚假的 / 13

为何而羞耻? / 14

用心感受 / 14

歌颂上帝和英雄 / 15

感恩 / 15

信,不信 / 16

本应该? / 18

行善与恩赐 / 18

她的异端邪说 / 19

特殊时刻 / 20

摘抄 / 21

想象力的贫瘠 / 21

神学,诗 / 22

论据 / 23

崇高 / 23

诗篇 / 24

乞讨者之歌 / 25

虚无主义不起眼的魔力 / 26

    普遍的虚无主义 / 26

    麻醉人民的鸦片 / 26

    颠倒 / 27

    习俗的胜利 / 28

    宗教与政治 / 28

宗教　/　29

达成以后　/　29

可怜的叔本华　/　30

垂直轴　/　31

呱呱叫　/　31

堕落　/　32

这么简单？　/　32

预言　/　33

摘抄　/　34

宗教复兴　/　35

创造日　/　35

奔跑　/　36

不可能　/　36

缺憾　/　37

幼稚　/　37

抗拒　/　38

艺术崇拜　/　38

亚里山大里亚　/　39

不是他　/　40

过去　/　40

不阳刚的　/　41

诗的性别　/　41

语言的力量　/　42

衣着　/　43

得救赎与下地狱　/　43

追求目标 / 44

艺术与生活 / 45

热带 / 46

鹈鹕 （哥斯达黎加） / 46

球 （哥斯达黎加） / 47

五光十色的世界 / 49

警告 / 49

名称 / 50

将来会怎样 / 50

我们这个圈子 / 51

温度 / 52

它 / 53

发现 / 54

未来 / 55

使命 / 55

民族 / 56

迷宫 / 56

托伦市八岁的阿霞 / 57

在梦里 / 58

梦的疆域 / 58

梦 / 59

超然 / 59

经验 / 60

同时 / 60

怀疑 / 61

布里 / 61

如果我也写日记 / 62

男人的特点 / 63

论据 / 63

高与低 / 64

好莱坞 / 65

宽容 / 66

不同 / 66

一碗神圣的汤 / 68

波兰诗人 / 68

解脱 / 69

蒸馏 / 69

教训 / 70

难道不是吗? / 70

人物 / 71

目标 / 71

小说 / 72

情节剧 / 72

神话故事 / 73

渴望 / 73

独白 / 74

怀疑 / 74

自我蔑视 / 75

贡布罗维奇 / 75

在非洲 / 76

我的看法 / 77

想念 / 77

洗涤 / 78

楷模 / 78

一位波兰作家 / 79

时代 / 79

谨慎 / 80

我看见了 / 81

分离 / 82

如果 / 82

习俗 / 83

体面 / 84

八十五岁 / 85

相反 / 85

对真相的渴望 / 86

伪装 / 86

爱上 / 87

被找到的私人笔记 / 88

 美国 / 88

 一九七六年四月二十六日 / 89

 我的顿悟所建成的大教堂 / 90

 再无足轻重的事物 / 90

 死亡天使极富魅力 / 90

 为了摆脱黑夜的折磨 / 92

 在我牙医诊所的窗外 / 93

噢，我所渴望的一切 / 93

反差 / 94

古典派诗人的抱怨 / 94

如此命运 / 95

倒置的望远镜 / 95

登山人 / 96

飞翔 / 96

你不知道 / 96

迟钝 / 97

从何而来 / 98

梦中的城堡 / 98

有关颜色的小论文 / 99

丛林 / 100

战略 / 101

世界的法则 / 102

歌声 / 103

那里 / 103

她的日记 / 104

无能为力 / 105

与其 / 106

理智 / 107

怜悯 / 108

海伦卡 / 109

海伦卡的信仰 / 110

幸村 / 111

贡献出来的话题
115

为什么我要贡献出一些话题？ / 117

流域 / 118

大陆边缘 / 119

跳蚤 / 122

这个星球 / 124

对祖尼佩罗神父灵魂的判决 / 126

关于祖尼佩罗神父的问题 / 130

考古学 / 131

达尔文太太 / 133

查尔斯·达尔文的妻子 / 134

和岛屿说再见吧！ / 135

护身符 / 138

罪人 / 139

侏儒瓦伦丁 / 140

郊游 / 141

森林 / 144

哈德乌什先生 / 147

一生 / 149

大学生们的游戏 / 151

出了出拉 / 154

后天性状的传递 / 155

刺恨的碎片 / 158

庭审 / 160

某个诗人 / 161

童话 / 162

父亲的忧虑 / 164

毕生作品 / 165

人群之中 / 167

克里斯托弗·罗宾 / 168

漫画 / 169

漂亮女孩 / 172

看手相 / 173

丈夫与妻子 / 174

继承 / 175

在世纪之末 / 176

阿拉斯托耳 / 178

神职人员 / 180

在大学 / 182

一个历史学家的忧虑 / 185

一个英雄的事迹 / 187

有关果戈理的研究 / 189

WYPIMPISZONA / 191

荒岛上 / 193

等一等! / 195

一把红伞 / 197

音乐 / 199

猫的秘密 / 200

脱胶 / 202

禁忌 / 204

被驱逐的厄洛斯 / 206

奥林匹亚居民的游戏 / 208

越来越少的告解 / 210

神父和卡萨诺瓦 / 212

字典 / 215

对知识的热爱 / 217

一位哲人 / 219

赞美不平等 / 221

里与外 / 222

先祖 / 225

河流 / 226

记忆，阅读，另一种目光

(总序)

高兴

昆德拉说过："人的一生注定扎根于前十年中。"我想稍稍修改一下他的说法："人的一生注定扎根于童年和少年中。"童年和少年确定内心的基调，影响一生的基本走向。

不得不承认，二十世纪五六十年代出生的人都有着不同程度的俄罗斯情结和东欧情结。这与我们的成长有关，与我们的童年、少年和青春岁月有关。而那段岁月中，电影，尤其是露天电影又有着怎样重要的影响。那时，少有的几部外国电影便是最最好看的电影，它们大多来自东欧国家，几乎吸引了所有人的目光，是我们童年的节日。在某种意义上，甚至可以说，它们还是我们的艺术启蒙和人生启蒙，构成童年最温馨、最美好和最结实的部分。

还有电影中的台词和暗号。你怎能忘记那些台词和暗号。它们已成为我们青春的经典。最最难忘的是《瓦尔特保卫萨拉热窝》。"'空气在颤抖,仿佛天空在燃烧。''是啊,暴风雨来了。'""看,这座城市,它就是瓦尔特。"简直就是诗歌。是我们接触到的最初的诗歌。那么悲壮有力的诗歌。真正有震撼力的诗歌。诗歌,就这样和英雄主义和浪漫主义,紧紧地连接在了一道。

还有那些柔情的诗歌。裴多菲,爱明内斯库,密茨凯维奇。要知道,在二十世纪七八十年代,读到他们的诗句,绝对会有触电般的感觉。而所有这一切,似乎就浓缩成了几粒种子,在内心深处生根,发芽,成长为东欧情结之树。

然而,时过境迁,我们需要重新打量"东欧"以及"东欧文学"这一概念。严格来说,"东欧"是个政治概念,也是个历史概念。过去,它主要指波兰、捷克斯洛伐克、匈牙利、罗马尼亚、保加利亚、南斯拉夫、阿尔巴尼亚七个国家。因此,在当时,"东欧文学"也就是指上述七个国家的文学。这七个国家,加上原先的东德,都曾经是以苏联为首的华沙条约组织的成员。

一九八九年底,东欧发生剧变。此后,苏联解体,华沙条约组织解散,捷克和斯洛伐克分离,南斯拉夫各共和国相继独立,所有这些都在不断改变着"东欧"这一概念。而实际情况是,波兰、捷克、匈牙利、罗马尼亚等国家甚至都不再愿意被称为东欧国家,它们更愿意被称为中欧或中南欧国家。同样,不少上述国家的作家也竭力抵制和否定这一概念。在他们看来,东欧是个高度政治化、笼统化的概念,对文学定位和评判,不太有利。这是一种微妙的姿态。在这种姿态中,民族自尊心也发挥着不可估量的作用。

但在中国,"东欧"和"东欧文学"这一概念早已深入人心,有广泛的群众和读者基础,有一定的号召力和亲和力。因此,继续使用"东欧"和"东欧文学"这一概念,我觉得无可厚非,有利于研究、译介和推广这些特定国家的文学作品。事实上,欧美一些大学、研究中心也还在继续使用这一概念。只不过，今日，当我们提到这一概念，涉及的就不仅仅是七个国家，而应该包含更多的国家：立陶宛、摩尔多瓦等独联体国家，还有波黑、克罗地亚、斯洛文尼亚、塞尔维亚、黑山等从南斯拉夫联盟独立出来的国家。我们之所以还能把它们作为一个整体来谈论，是因为它们有着太多的共同点：都是欧洲弱小国家，历史上都曾不断遭受侵略、瓜分、吞并和异族统治，都曾把民族复兴当作最高目标，都是到了十九世纪末二十世纪初才相继获得独立，或得到统一，第二次世界大战后都走过一段相同或相似的社会主义道路，一九八九年后又相继推翻了共产党政权，走上了资本主义发展道路。之后，又几乎都把加入北约、进入欧盟当作国家政策的重中之重。这二十年来，发展得都不太顺当，作家和文学都陷入不同程度的困境。用饱经风雨、饱经磨难来形容这些国家，十分恰当。

换一个角度，侵略，瓜分，异族统治，动荡，迁徙，这一切同时也意味着方方面面的影响和交融。甚至可以说，影响和交融，是东欧文化和文学的两个关键词。看一看布拉格吧。生长在布拉格的捷克著名小说家伊凡·克里玛，在谈到自己的城市时，有一种掩饰不住的骄傲："这是一个神秘的和令人兴奋的城市，有着数十年甚至几个世纪生活在一起的三种文化优异的和富有刺激性的混合，从而创造了一种激发人们创造的空气，即捷克、德国和犹太文化。"[①]

克里玛又借用被他称作"说德语的布拉格人"乌兹迪尔的笔为我们描绘了一个形象的、感性的、有声有色的布拉格。这是一个具有超民族性的神秘的世界。在这里，你很容易成为一个世界主义者。这里有幽静的小巷、热闹的夜总会、露天舞台、剧院和形形色色的小餐馆、小店铺、小咖啡屋和小酒店。还有无数学生社团和文艺沙龙。自然也有五花八门的妓院和赌场。布拉格是敞开的，是包容的，是休闲的，是艺术的，是世俗的，有时还是颓废的。

[①] 见伊凡·克里玛《布拉格精神》第44页，崔卫平译，作家出版社1998年版。

布拉格也是一个有着无数伤口的城市。战争、暴力、流亡、占领、起义、颠覆、出卖和解放充满了这个城市的历史。饱经磨难和沧桑，却依然存在，且魅力不减，用克里玛的话说，那是因为它非常结实，有罕见的从灾难中重新恢复的能力，有不屈不挠同时又灵活善变的精神。如果要用一个词来形容布拉格的话，克里玛觉得就是：悖谬。悖谬是布拉格的精神。

或许悖谬恰恰是艺术的福音，是艺术的全部深刻所在。要不然从这里怎会走出如此众多的杰出人物：德沃夏克，雅那切克，斯美塔那，哈谢克，卡夫卡，布洛德，里尔克，塞弗尔特，等等。这一大串的名字就足以让我们对这座中欧古城表示敬意。

布拉格如此，萨拉热窝、华沙、布加勒斯特、克拉科夫、布达佩斯等众多东欧城市，均如此。走进这些城市，你都会看到一道道影响和交融的影子。

在影响和交融中，确立并发出自己的声音，十分重要。不少东欧作家为此做出了开拓性和创造性的贡献。我们不妨将哈谢克和贡布罗维奇当作两个案例，稍加分析。

说到捷克作家哈谢克，我们会想起他的代表作《好兵帅克》。以往，谈论这部作品，人们往往仅仅停留于政治性评价。这不够全面，也容易流于庸俗。《好兵帅克》几乎没有什么中心情节，有的只是一堆零碎的琐事，有的只是帅克闹出的一个又一个的乱子，有的只是幽默和讽刺。可以说，幽默和讽刺是哈谢克的基本语调。正是在幽默和讽刺中，战争变成了一个喜剧大舞台，帅克变成了一个喜剧大明星，一个典型的"反英雄"。看得出，哈谢克在写帅克的时候，并没有考虑什么文学的严肃性。很大程度上，他恰恰要打破文学的严肃性和神圣感。他就想让大家哈哈一笑。至于笑过之后的感悟，那就是读者自己的事情了。这种轻松的姿态反而让他彻底放开了。借用帅克这一人物，哈谢克把皇帝、奥匈帝国、密探、将军、走狗等等统统给骂了。他骂得很过瘾，很解气，很痛快。读者，尤其是捷克读者，读得也很过瘾,很解气,很痛快。幽默和讽刺于是又变成了一件有力的武器,特别适用于捷克这么一个弱小的民族。哈谢克最大的贡献也正在于此:为捷克民族和捷克文学找到了一种声音,确立了一种传统。

而波兰作家贡布罗维奇与哈谢克不同,恰恰是以反传统而引起世人瞩目的。他坚决主张让文学独立自主。在二十世纪三四十年代,贡布罗维奇的作品在波兰文坛显得格外怪异离谱,他的文字往往夸张扭曲,人物常常是漫画式的,他们随时都受到外界的侵扰和威胁,内心充满了不安和恐惧,像一群长不大的孩子。作家并不依靠完整的故事情节,而是主要通过人物荒诞怪僻的行为,表现社会的混乱、荒谬和丑恶,表现外部世界对人性的影响和摧残,表现人类的无奈和异化以及人际关系的异常和紧张。长篇小说《费尔迪杜凯》就充分体现出了他的艺术个性和创作特色。

捷克的赫拉巴尔、昆德拉、克里玛、霍朗,波兰的米沃什、赫贝特、希姆博尔斯卡,罗马尼亚的埃里亚德、索雷斯库、齐奥朗,匈牙利的凯尔泰斯、艾什特哈兹,塞尔维亚的帕维奇、波帕,阿尔巴尼亚的卡达莱……如此具有独特风格和魅力的当代东欧作家实在是不胜枚举。

某种程度上,东欧曾经高度政治化的现实,以及多灾多难的痛苦经历,恰好为文学和文学家提供了特别的土壤。没有捷克经历,昆德拉不可能成为现在的昆德拉,不可能写出《可笑的爱》《玩笑》《不朽》和《难以承受的存在之轻》这样独特的杰作。没有波兰经历,米沃什也不可能成为我们所熟悉的将道德感同诗意紧密融合的诗歌大师。但另一方面,需要注意的是,由于语言的局限以及话语权的控制,东欧文学也极易被涂上浓郁的意识形态色彩。应该承认,恰恰是意识形态色彩成全了不少作家的声名。昆德拉如此。卡达莱如此。马内阿如此。赫尔塔·米勒亦如此。我们在阅读和研究这些作家时,需要格外地警惕。过分地强调政治性,有可能会忽略他们的艺术性和丰富性。而过分地强调艺术性,又有可能会看不到他们的政治性和复杂性。如何客观地、准确地认识和评价他们，同样需要我们的敏感和平衡。

一个美国作家，一个英国作家，或一个法国作家，在写出一部作品时，就已自然而然地拥有了世界各地广大的读者，因而，不管自觉与否，他，或她，很容易获得一种语言和心理上的优越感和骄傲感。这种感觉东欧作家难以体会。有抱负的东欧作家往往会生出一种紧迫感和危机感。他们要用尽全力将弱势转化为优势。昆德拉就反复强调，身处小国，你"要么做一个可怜的、眼光狭窄的人"，要么成为一个广闻博识的"世界性的人"。别无选择，有时，恰恰是最好的选择。因此，东欧作家大多会自觉地"同其他诗人，其他世界，和其他传统相遇"（萨拉蒙语）。昆德拉、米沃什、齐奥朗、贡布罗维奇、赫贝特、卡达莱、萨拉蒙等等东欧作家都最终成为"世界性的人"。

关注东欧文学，我们会发现，不少作家，基本上，都在出走后，都在定居那些发达国家后，才获得一定的国际声誉。贡布罗维奇、昆德拉、齐奥朗、埃里亚德、扎加耶夫斯基、米沃什、马内阿、史沃克莱茨基等等都属于这样的情形。各种各样的原因，让他们选择了出走。生活和写作环境、意识形态原因、文学抱负、机缘等，都有。再说，东欧国家都是小国，读者有限，天地有限。

在走和留之间，这基本上是所有东欧作家都会面临的问题。因此，我们谈论东欧文学，实际上，也就是在谈论两部分东欧文学：海外东欧文学和本土东欧文学。它们缺一不可，已成为一种事实。

在我国，东欧文学译介一直处于某种"非正常状态"。正是由于这种"非正常状态"，在很长一段岁月里，东欧文学被染上了太多的艺术之外的色彩。直至今日，东欧文学还依然更多地让人想到那些红色经典。阿尔巴尼亚的反法西斯电影，捷克作家伏契克的《绞刑架下的报告》，保加利亚的革命文学，都是典型的例子。红色经典当然是东欧文学的组成部分，这毫无疑义。我个人阅读某些红色经典作品时，曾深受感动。但需要指出的是，红色经典并不是东欧文学的全部。若认为红色经典就能代表东欧文学,那实在是种误解和误导,是对东欧文学的狭隘理解和片面认识。因此,用艺术目光重新打量、重新梳理东欧文学已成为一种必须。为了更加客观、全面地翻译和介绍东欧文学,突出东欧文学的艺术性,有必要颠覆一下这一概念。蓝色是流经东欧不少国家的多瑙河的颜色,也是大海和天空的颜色,有广阔和博大的意味。"蓝色东欧"正是旨在让读者看到另一种色彩的东欧文学,看到更加广阔和博大的东欧文学。

二〇一三年十月三十一日定稿于北京

主编简介:高兴,诗人、翻译家,一九六三年出生于江苏省吴江市。中国作家协会会员。现为中国社会科学院外国文学研究所研究员,《世界文学》主编。曾以作家、翻译家、外交官和访问学者身份游历过欧美数十个国家。出版过《米兰·昆德拉传》《东欧文学大花园》《布拉格,那蓝雨中的石子路》等专著和随笔集;主编过《二十世纪外国短篇小说编年·美国卷》(上、下册)、《伊凡·克里玛作品系列》(5卷)、《水怎样开始演奏》、《诗歌中的诗歌》、《小说中的小说》(2卷)等大型图书。主要译著有《梵高》《黛西·米勒》《雅克和他的主人》《可笑的爱》《安娜·布兰迪亚娜诗选》《我的初恋》《索雷斯库诗选》《梦幻宫殿》《托马斯·温茨洛瓦诗选》等。

只言片语，包罗万象

(中译本前言)

赵玮婷

一

"我担心是不是所有人都能看懂这本书。"这句话是切斯瓦夫·米沃什在一九九八年接受媒体采访时所说的，那时他刚凭借《路边狗》一书获得了波兰最有声望的文学奖项——尼刻奖。

《米沃什词典》的译者之一西川曾在《译者导言：米沃什的另一个欧洲》中提到，米沃什的作品中有一种可称为"封闭性"的特点。从某种意义上说，他是与其他东欧诗人分享了这种封闭性。他们的作品具有向回看、向内看、寓言化和沉思的特征；不可避免的沉重有时发展到沉闷。米沃什的文字总是离不开二十世纪的历史记忆、维尔诺、波兰语、天主教这几个主题，过多的典故、地名、人名也增加了阅读的难度。

除此之外，这些文字并不好懂的另一个原因在于，作者本人一方面渴望共鸣，一方面又保持距离。一个人的所思所想到底能不能百分之百地用文字呈现出来？米沃什曾说："写'我'的诗和'歌颂上帝和英雄'的诗之间，其实并没有太大区别，因为在这两种情况下，描述的对象都被神话化了。"另一方面，写出来的文字又有多少能被接受和理解？对此他也一直抱有怀疑："我和他们之间的距离有多远？诗人知道他们眼中的自己根本不是真实的自己。这一点在他死后也不会改变，他的魂魄没法从另一个世界发出信息以纠正人们的误解。"然而，明知写出来是徒劳，米沃什仍希望被理解，但又不愿表露得过于直白，于是总是保持着一定的距离——与读者，也与自己。

二

初读这本书时我确实觉得难懂，一是因为无论从知识面还是历史经历的角度来说，我与作者都不对等；二是书中第一部分的文章类似小品文，形式上短小精悍，语言上内敛含蓄，有的篇章还具有鲜明的私人性——或是内心的独白，或是梦境的记录，或是久远的回忆，又或是一段摘抄，几篇尘封的草稿。如果把读书的过程比作登山，那么以上两点的确增加了路途的艰难，但登顶后便会有鸟瞰迷宫般的豁然开朗，继而发现那些需要费点脑筋琢磨的地方正是阅读中最可贵的地方。

诚然，这是一本难懂的书，但也确是一本有趣的书，只是需要多点专心，多点耐心。米沃什说："我写作时，并没有想故意写得深奥难懂，也不认为自己的书是写给少数人看的。但我也绝对没想过要迎合大众的口味。我设想我是写给与我相似的人看的，我把他们当作朋友。"

波兰标志出版社于一九九七年首次出版了米沃什的《路边狗》，同年问世的另一本书是中国读者较为熟悉的《米沃什词典》。这两本书在某些方面是相似的，它们都采用了一种"高密度、大容量"的文体，将很大的信息量浓缩在短小精悍的文字之中。米沃什曾说："我一直在尝试写一种'言简意赅'的文体，比如《路边狗》里的散文，它没有什么诗歌性，更多的是平铺直叙，换句话说，我想用最简单的语言说出最精炼的话。我在写这本书时运用了这种技巧，在写《米沃什词典》时也是。我希望读者可以翻开书，读一页，然后合上书，以后再读。"波兰标志出版社主编耶日·伊尔格把《路边狗》形容为"有趣的杂烩，私人的疯狂"。我认为这话说对了一半。书中每篇文章相对独立，但又相互解释，相互铺垫；它是一锅杂烩，却不止是私人的。对诗人身份的剖析，对人与艺术关系的解释，对宗教的信与疑，对哲学问题的探究，对人性的揭露，对感怀之时的记录——哪一个不是文学作品中最常见的话题？

而这本书的可贵之处在于，作者能把最常见的话题写得有新意，使之没有沦为老生常谈。从中可以窥见其非同一般的洞察力。这不仅是因为米沃什经历了二十世纪的动荡，还因为他的民族和文化归属一直都是个复杂的问题。

三

可以说，米沃什是二十世纪的见证者。他的生平应当从以下几件事说起：一九一一年出生于立陶宛的谢泰伊涅，幼年生活在老式贵族庭院中，受家族影响学习波兰语，在波兰语学校上学。少年时期，他见证了第一次世界大战和十月革命。一九二九年他在维尔诺开始了大学生涯，于一九三三年取得了法律硕士学位。一九四〇年苏联红军占领维尔诺，他逃亡到纳粹占领下的华沙，其间积极参与了地下文学和戏剧的活动。一九四六年起，他先后在波兰驻纽约、华盛顿和巴黎使馆工作过。一九五一年他与人民波兰政府决裂，流亡法国。一九六〇年应加州大学伯克利分校邀请，他前往美国讲授斯拉夫文学，直到退休。他见证了极权主义的产生和扩张、苏联的解体。一九八九年他回到波兰，居住在克拉科夫，直至生命的终点。他曾被视作"叛国者"，虽然被禁止在波兰出版作品，却一直坚持用波兰语写作。一九八〇年他被授予诺贝尔文学奖。

　　立陶宛、波兰、巴黎、美国，都或多或少对米沃什产生了影响。维尔诺被他视作故乡，波兰语被他视作母语，一生中最穷困的日子他在巴黎度过，选择去美国则被他称作无奈之举。因此他总是被迫站在"旁观"的角度，用局外人的眼光观察一切，从而领悟了何谓宽容，何谓与"不同"共存。米沃什在一次采访中说，在几个他曾生活过的城市里，最要感谢的是维尔诺，不仅因为他在那儿的中学和大学获得了良好的教育，还因为这座"多民族"的城市令他学会了对不同的文化的包容。在那里，天主教堂、东正教堂、犹太教堂可以毗邻，基督教信仰与古老的多神教传统可以共存，战前的维尔诺还保留着对浪漫主义的崇拜，追忆着波兰立陶宛联邦时代的荣耀，怀念着密茨凯维奇笔下的山谷、田野与庭院，这些无疑都留在了米沃什的记忆之中。诚然，一生漂泊的境遇无时无刻不让他体会到孤独，但同时也馈赠他以难得的距离感，令他能够随时随地保持清醒和冷静。米沃什评价自己为"反叛的人"。正是反叛的思维方式使得一个人能够脱离"集体无意识"，可以试图——无论成功与否——去寻找事物真正的逻辑所在。

四

　　这本书中收录的散文、诗歌、杂文、随笔等都是米沃什年逾八旬后陆续在期刊上发表的。通过读这些文字，我们可以感受到一位阅历丰富的老人，一位学富五车的老师，一位笔耕不辍的作家，一位探寻真理的哲人。字里行间不仅闪耀着智慧的光辉，还流露出不加掩饰的真情。比如得到认同的欣喜：

　　　　我就是那么喜欢您，先生，超级感谢您写的诗《有关罂粟的预言》和《这么少》(我很喜欢它们,我的猫也是)。

——《托伦市八岁的阿霞》

比如壮心未已的自我勉励:

　　我的道德楷模是:把一辈子都献给精神上的事,耄耋之年仍热情不减,并将这种态度保持至生命终点的人。

——《楷模》

比如看见一朵花重生的喜悦:

　　其实根本没这么难。
　　上帝创造了世界。谁说是在很久以前?
　　不久。就在今晨。也许是一小时前。
　　因为那快要枯萎的花,重新绽开了笑颜。

——《创造日》

　　本书翻译自波兰标志出版社二〇一一年出版的波兰语原著,略有删节。

　　作为一个经验尚浅的译者,能翻译如此有分量的作品,我感到极其荣幸而又战战兢兢。感谢我的导师北京外国语大学欧洲语言文化学院赵刚院长的推荐以及对译文的指正,感谢北外波兰语教研室专家安杰伊·鲁舍尔博士、爱娃·鲁特科夫斯卡博士在原文理解方面给予的指导,感谢"蓝色东欧"丛书主编高兴老师、策划朱燕玲老师、孙虹老师的信任。在此一并感谢在翻译过程中帮助过我的师长、同学和朋友。

二〇一六年四月七日定稿于北京

我思故我在：这是确实的，因为是不可能的。

——本杰明·方丹曾经写过他与列夫·舍斯托夫的谈话，书中提到，舍斯托夫曾这样改写了笛卡尔的"我思故我在"。

也许是真理的天然属性，使得人与人之间的直接交流变为不可能，而无论如何都必须通过文字这种媒介。每一个人都掌握着自己的真理，但为了与其他人类同胞联系，他必须放弃真理，接受任何一个人们约定俗成的谎言。

——列夫·舍斯托夫《倒数第二句话》（1911年）。

路边狗

路边狗

我曾经乘着运牛粮的马车走遍家乡的土地，挂在车后的铁皮桶互相碰撞发出"哐啷哐啷"的响声。桶里是为马儿准备的水。当年这儿还是一片荒野——山丘，松林，零星坐落着的农舍——这种屋舍没有烟囱，所以屋顶总是烟雾缭绕，仿佛着了火一般。我一时悠闲地在农田和湖泊之间游荡，一时又信马由缰，向远处驰骋，直到能看见松林背后的村庄或庭院。这时，总会有一条尽忠职守的小狗冲出来对我叫。想来那还是世纪初的事了，百年不过一瞬而已。我不仅常常忆起生活在那里的人们，也总想起陪伴他们的那一代又一代的狗，人们日复一日地劳碌，而它们始终陪伴左右。有一天在清晨的梦里，我没来由地想到了这个有点好笑，却令我动容的名字："路边狗"。

局　限

我的见识浅薄，理性不足。我尽可能地去学习，去读书，却仍然改变不了什么。我家的书多得从书架上溢了出来，蔓延到其他家具上，地板上，甚至成了进出房间的障碍。这些书我当然是读不尽的，但我如狼般的双眼仍饥渴地搜寻着新鲜的书源。然而，如果要说得更确切些，对于自身的局限感并不是持续存在的，这种感觉只是偶尔造访，是一种一闪而过的觉醒，好让人意识到自身想象力的狭窄——好像因为我们的头骨太厚，以至于思维无法接收到它本该接收的信息。我本该知晓此时此刻在世界的每一个角落同时发生的事情，我本该能够洞察所有人的思想，无论他们生活在当代还是后世，在两千年前还是八千年前。我本该如此，然而我并没有。

眼　睛

　　操控者："现在你知道了。我曾借你蝴蝶的眼睛去看金莲花，借你蝶螈的眼睛去看草甸，借你各色各样人的眼睛，去看同一座城。"

　　"我承认我以前太过自信。打个比方来说，有很多人走在同一条路上，那么每个人眼中的那条路都会是不同的。群体中的个体之间无法相互交流感受与看法——如果我能明白这个道理就好了！可我却一直在苦苦寻找某个被世人所一致肯定的真理。这就是为什么，你所展现给我的是如此沉重的实验和诱惑。"

失　控

　　他的想法不受控制，为所欲为。每当他意识到自己的想法又失控了就痛苦难耐。况且这并不是些好想法，只能证明他心中暗藏着残酷与无情。他总想,这个世界充满了无尽的苦难,人们努力地活着只是为了最终的消亡。他怀疑自己创作的冲动在某种程度上与他想法的残酷有关。

寻 找

我总以为,人类在本世纪所认识到的种种残酷一定能用语言概括出来。于是我翻遍各种回忆录、报告文学、小说、诗歌,抱着能找到这些文字的希望,却每每失望:"这不是我要找的。"于是一个不敢肯定的想法在心中萌生了:人类命运的真相并不是他们教给我们的那样。但我们害怕给真相命名。

不是我的

我一生都在假装,假装他们的世界也是我的,我深知，这种假装是一种耻辱。
可我又能怎样？即使我大声疾呼，
我大胆预言，也没有任何人听得见。
他们的大屏幕和麦克风不是为我准备的。
像我一样的人，流落街头，自言自语。
在公园的长椅上，在狭窄的过道里，和衣而眠。
只因监狱太小，
关不了所有的贫民。
我微笑，沉默。他们已不再抓捕我。
我已学会了——要与正确的人坐在一起。

审　判

我们的所作所为终有一天会被审判。这个结果太难预见，因为每个人的行为必受环境影响，也必受他人牵连，也许只有绝对精确的计算机才能算出来吧。正如球台上的两个球经过相互碰撞会偏离最初的方向——我们必须考虑到偶然因素造成的错误。然而，也可以认为世事无偶然。不论怎样，当我们得到由最精确的电脑所计算出的人生清算（最后的审判）结果时，一定会惊讶：我无意中竟做过这么多坏事吗？而天平的另一端竟还有那么多无心做成的好事？

阿尼玛[*]

有关女性的文字他写得越来越多了。难道他内心压抑多年的阿尼玛终于渴望解放了？或者说，以前只在他的诗中有所体现的潜意识变成了一位温柔的女医生，在触碰他的身体之前，卸下了他的盔甲？

老　人

一群衰老且丑陋的男人和女人的身影，特别是那些拄着拐杖步履蹒跚的老太婆。虽然昔日年轻的身体和曼

---

[*] 原文为拉丁文，原义指灵魂。这里指卡尔·荣格提出的，男人心灵中的女性成分。

妙的舞姿背叛了她们，但她们心中意识的明灯仍在燃烧，使她们不由地生出了这样的感叹："这是我吗？这不是真的！"

我也曾喜欢

我也曾喜欢照镜子。
直到我相信了，
何谓沿着"肉身之路"① 离开。再不抗争。
只是沉默，因为年老的人已经明白。

光有意识就够了吗

曾经我以为只要有意识，就能避免重复与其他凡人

---

① 波兰诗人 W·科霍夫斯基的《波兰赞美诗》中的句子："我沿着肉身之路走着，等待我所期盼的那一天到来，那一天，天亮以后不会有日落。"

相同的命运。这真是无稽之谈。然而，如果一个人能把意识与躯体分离开来，并赋予意识一种魔力：一旦"明白"，咒语便被打破——这就已经很不错了。

与造物主换位思考

假如给你权利重新创造世界，我想就算你绞尽脑汁，也只能得出这样一个结论：根本无法造出一个比现在更好的世界。你不妨去咖啡馆坐坐，看看来往不绝的男男女女。诚然，他们可以被赋予不食人间烟火之身，不再受衰老、病痛和死亡侵扰。可是，这世间层出不穷的复杂和变化多端正是源于世间万物中所蕴含的种种冲突。如果没有屠宰场、医院、墓地和色情影片这些东西作为思想的载体，那么思想的魅力也将不复存在。反过来说，如果没有精神和思想居高临下的嘲笑，人类便会受本能欲求驱使，展现出动物性的愚笨。看起来，人们已经学会质疑造物主的道德动机了——祂创造世界的原则就是：让所有事情变得更有趣和好玩。

专　注

我读过的一本佛教僧人所著的书中写道，佛教的核心在于念。"念"也许可以解释为专注（早在米科瓦伊·雷伊①的时代就存在的词语），或者是一种专注的状态。它的意思是一心一意关注当下，而不去在意过去发生了什么，或未来将要发生什么。这能使那些备受良心谴责、无法忘却过往失败的人得到解救；也能使那些杞人忧天、惶惶不可终日的人获得平静。希望我的诗能让读者们学会活在当下。希望我的健忘症能快点好。

---

① 米科瓦伊·雷伊（1505—1569），被称为波兰文学之父。他把使用波兰民族语言视为自己的义务，他有句名言为后世所传颂：波兰人不是鹅，他们有自己的语言。

代　替

　　这个圈子里也有过令他钦佩的人，但从来没有一人肯为艺术献身。他也曾与这个世界上真正的大家打过照面，他们代表怜悯、同情和爱的力量，是高尚的伟人。他和他周围的艺术家所普遍缺乏的东西正是这些伟人所具有的——对艺术完全的奉献，心甘情愿献出内心的"自我"。而当他发现自己心中还存有孩童般的自私时，他总是安慰自己，在这个圈子里他并不是特例，况且每个人都不是完美的。

　　"如果我注定要投身于净化与解放，且注定徒劳无功，"他说，"那至少让我的作品来抵偿我的软弱，代替我向人们宣扬心灵的完美吧。"

暂时的与虚假的

他起床，上班，因为爱、友情或敌意与形形色色的人牵扯在一起——但他心里清楚，这些都是暂时的和虚假的。在他心中一直有一个真实的愿望，那么强烈，以至于他对生活本身产生了厌烦。快了，等一会儿，马上，他快要找到了——找到什么？找到一句神奇的话语，里面藏着关于存在的真相。当他刷牙时，这句话就在嘴边了；当他洗澡时，这句话呼之欲出了；如果不是因为上了公车，这句话可能已经成型了；就这样，他一整天都在与这句话擦肩而过。在深夜梦醒时，他感觉自己与这句话之间仅仅隔着一层薄纱，可当他尽力想看清时，却睡着了。

他并不情愿受这种折磨。他也同意，自己应当全心全意地投入当下，并更关注身边的人对自己的期待。他也知道，把这些人当作暂时的和虚假的与伤害他们无异，但他实在无法否认，和他们在一起纯属浪费时间。

为何而羞耻？

  诗是一种令人羞耻的东西，因为它萌生于某种私密的行为。

  诗与肉体的意识紧密相连。诗凌驾于肉体之上，它是精神的，但同时也脱离不了肉体。然而，它假装自己完全属于精神领域，与肉体毫不沾边，便有了令人羞耻的理由。

  我为我是一个诗人而感到羞耻，我感到自己就像一个被扒光衣服在公众面前展示身体缺陷的人。我嫉妒那些从不写诗的人，他们因此被我视作正常人——然而我又错了，因为他们之中只有极少数能称得上正常。

用心感受

  写作时我会进行一种特殊的转化，那就是把意识的数据——我的内心感受——转化为其他与我有相同感受的人的形象。因此我不仅能写自己，还能写别人。

歌颂上帝和英雄

写"我"的诗和"歌颂上帝和英雄"的诗之间，其实并没有太大区别，因为在这两种情况下，描述的对象都被神话化了。然而……

感　恩

我感恩，很久以前在橡树林中的木头小教堂①里接受了天主教洗礼。我感恩，上天赐予了我如此长的生命，令我能在漫长的人生里——无论我信或不信——思考我那长达两千年的历史。

---

① 这里指立陶宛圣万提柏拉斯提斯的一座教堂，是米沃什受洗的地方。

这段历史有多神圣，就有多邪恶。我们建造了比耶路撒冷、罗马和亚历山大港更雄伟的城市。我们驾船环游了大洋。我们的神学家发明了三段论。随后，世界的巨变开始了。多么希望那是我们的无心之失，然而并不是。十字架与骑士剑的征途上没有一丝无辜。

信，不信

我曾是一个虔诚信主的人，也曾是一个毫无信仰的人。这种矛盾常让我不知如何是好。于是我开始怀疑，是否"信"这个词本来就有另一层内涵，只是从来没有人研究过。也许这才能解释，为什么我说的矛盾不是个人心理的问题，而是人类族群生活的问题。无论是宗教信众还是无神论者，都无法告诉我们该怎样准确地理解这个词。

我以为"信"的意义很难言说，但它的解释近在咫尺，就在空中飘着，还有很多人大叫道："是啊！于我心有戚戚焉！"

因为就在这个教堂中，我看到身边的人虔诚地画十字、跪下、起立，可我猜他们和我一样——不是"相信"，而是"想相信"，或是"片刻相信"。也许有些人不一样吧，那么是怎样的？几百年前的人所关心的事和今天的不同，但布莱兹·帕斯卡早在十七世纪时就说过："否定、相信和绝对怀疑之于人，正如奔跑之于马。"① 艾米莉·狄金森在十九世纪时说过："我在一小时内经历了一百次'信'和'不信'，因此我的'信'保持了敏锐。"② 何苦要自作聪明地思考呢？像教堂里其他人一样老老实实地祷告才更重要——那些一方面给予人们以抱怨宗教繁文缛节的机会，一方面又谨遵对上帝的恭谦的人，难道不正是这么想的吗？

也许当我即将接近"信"的真正意义时，会突然看见一群赤身裸体的人——他们浑身是毛，散发着原始的性吸引力，好似野兽一般，只因神圣的仪式和非肉体的崇拜被联系在一起——还有比这更不可思议的事吗？

---

① 摘自帕斯卡的《思想录》。
② 出自艾米莉·狄金森1854年12月3日写给苏珊·吉尔伯特的信。

本应该？

　　这位在罗马天主教文化中长大的诗人，本该用写下的每句话来印证宗教信仰的真理。然而即使他自己愿意，也无法做到，因为诗有时也是一种策略。他那个时代的文学深受不可知论影响，无神论的思想在作品中也并不鲜见。如果他反其道而行写一些对宗教虔诚的诗，那么不仅不能改变任何人的信仰，还会使自己被冠上二流诗人的称号。

行善与恩赐

　　的确，灵魂得救的理想变得越来越淡薄了，以至于如今再也见不到表现这个主题的画了。因此虽然有时你告诉自己："如果我想要使灵魂得救，就应当放弃那些对我来说极其珍贵的东西，比如我的创造力、爱情、权力,或者其他能满足我欲望的事物",但要做到却是不易。曾经,当得救还意味着天堂的棕榈枝,而永世受罚还意味着在地狱的深渊里遭受无尽的折磨时,好像有一种更强的驱动力促使人们追求神圣,压抑住自己无餍的胃口。在有些地方,人们杀人、偷情、抢占邻居的土地,贪婪的人名声显赫。这里面显然有什么是错的。根据某些宗教,与异教徒战斗的信徒们被承诺死后会去天堂,肉体欲望尽将在那里得到满足,因此他们的战斗热情才会如此之强。总之,尘世生活与灵魂得救属于两个不同的秩序,它们之间并不是简单的对立关系。

马丁·路德所说的大概是对的①,得救靠的不是行善,而是恩赐。

她的异端邪说

"我发现,"她说,"我从不去想灵魂得救,也不觉得天堂和地狱这两个极端有什么区别:不是死后一切归

---

① 这里指马丁·路德提出的宗教改革的主要思想之一:"唯独信仰"。

于虚无，因而得到解脱；就是因内心的恶而承受无尽的责罚。"

特殊时刻

这是悠久的宗教史上，一个特殊的时刻！上天授意，要使布道文和神学论文的刃口不再锋利，只留下诗作为思考终极问题的人们表达意识的工具。有多少诗人从西蒙娜·韦伊的格言中找到了从事写诗的理由："绝对纯粹的专注即是祷告。"① 这就是失控而随心所欲的文明，它使自己的灵魂永世受罚，换来人们对艺术的虔诚信仰。

---

① 摘自法国思想家西蒙娜·韦伊的《重负与神恩》。

摘 抄

女诗人吉恩·瓦伦丁曾在一次采访中说过:"诗当然是一种祷告。除了对袘,我们还可向谁诉说?"一部分的我想要赞同她的说法,但我不知道是不是这么简单。诗中好像一直存在着一些非世俗的东西:无论是在传统口传文化还是书面文化中,人们都依赖诗来道出有关生与死的真谛。在今天的美国,诗为许多人——其中也包括诗人自己——提供了在传统宗教中无从寻觅的安慰。

——摘自凯瑟琳·诺里斯刊于《马诺阿太平洋国际文学学报》的文章(1995年)。

想象力的贫瘠

人类的想象力正如他们的知识一样贫乏。我们在宗教上的想象力因为科学技术的巨大进步而退步了吗？确实是这样，让我们想一想中世纪时是怎样的。在但丁为我们展现出地狱的模样之前，关于地狱深渊有过各种各样具有道德说教意义的文字描述，然而却鲜见描绘地狱的画。想要找到能与耶罗尼米斯·博斯①的画媲美想象力的作品，几乎是不可能的。

神学，诗

那些最深刻的并令人感悟最深的东西——人生的转瞬即逝、病痛、死亡、观点和看法的消亡——用神学的语言是表达不出来的。神学经过漫长的发展，形成了一套天衣无缝的规则，正因为已经天衣无缝了，所以新的思想完全无法渗透进去。二十世纪的诗，或者说这些诗的核心——就是收集有关人类最新体会到的东西，然后用一套特别的语言去阐释这些东西。二十世纪的诗的语言可能会被神学所用，也可能不会。

---

① 耶罗尼米斯·博斯（1450—1516），荷兰画家。

论　据

反对宗教的最有力论据就是利己主义。如果某人只服务于自己，那他很有可能已经为自己创造了一个上帝，这个上帝就完全服务于他。

我们可以在孩子和某些精神病人身上看到完全的利己主义。可是当一个人发现自己内心的利己主义时该怎么做呢？是以对自己和他人保持诚实的名义放弃宗教，还是跪伏在宗教面前恳求治疗？

崇　高

崇高：清醒地用手无寸铁的肉身来面对人们嘲讽的利刀。

诗　篇

　　我曾把犹太王大卫的诗篇翻译成波兰语，有些人会在祷告时用到它们，而另一些人则认为其太过实用主义而不屑一顾。上帝应当在危难时拯救一个国家，应当帮助我们赢得战争、驱逐敌人，应当给予国王声望和荣耀。在上帝的威严面前必须表现出非一般的谦卑，诗篇里的诡计才有可能被宽恕。

　　这些诗篇被人们认定是大卫王所写，也许非常值得怀疑。我认识一位虔诚的《圣经》读者，她说自己之所以读《圣经》，是因为在《圣经》里，人们所犯下的最不可饶恕的罪行也被视作平常之事。就像大卫，他夺取有夫之妇并下令杀死她的丈夫，却还是被原谅了。

乞讨者之歌

受罪吧，我的灵魂，你将会得到救赎，

如果你不堪忍受，你将会永世受罚。

——维尔诺的乞讨者之歌

先人们所唱的"如果你不堪忍受"这一句，是什么意思？意思是：如果你没有坚持承受完你注定要承受的苦难？可这怎么可能避免呢？去讨好监工，让他们少给我们一点活干吗？还是有完全不同的意思？受罪的人将会得救，而不受罪的人就会因此而永世受罚？

虚无主义不起眼的魔力

普遍的虚无主义

首先在文学和艺术领域出现了一些玄妙的思想,然后这种思想逐渐向外渗透,影响圈越来越大,直到成为了大众文化的特征和一般思想的标志。这个过程大概花了一百五十年。

麻醉人民的鸦片

宗教是麻醉人民的鸦片。因为它承诺那些正遭受疼痛、屈辱、疾病和囚禁的人们死后必会得到奖励。从我所见证的事情来看，可能恰恰相反。真正麻醉人民的鸦片是相信死后一切归于虚无。因为相信我们的犯错、失败、软弱、谋杀都不会得到审判，是一剂多么有效的安慰剂。

颠　倒

各种颠倒的事实在波兰发生：曾经的知识分子多是深受实证主义影响的怀疑主义者，而人民是对宗教虔诚的。在不久以后的将来也许会是另外一番模样：普罗大众都不信基督教，因为它对普通人来说太难理解，只有在受过最好教育的知识分子中才会出现它的信徒。

习俗的胜利

"他读过斯威登堡①。"可笑。因为事实上波兰的知识分子是不关注宗教问题的。即使他们有时承认天主教,也肯定是出于种族主义与弥赛亚主义的原因。因此那些对宗教文学感兴趣的人都被边缘化了。

宗教与政治

有这样一类人,他们总愿意把政治上的恶行和宗教联系在一起。因为经验告诉我们,只要躲在灵魂的崇高、纯净与高贵背后,就可以假装看不见自己的双手所做的事。只有当天主教不再具有这种双重性时,才有权以卡拉季奇②的罪行指责东正教。

---

① 伊曼纽·斯威登堡(1688—1772),瑞典科学家、神学家。
② 拉多万·卡拉季奇(1945—),原波黑塞族共和国总统。

宗　教

所有大的宗教，不管是基督教、佛教、犹太教，还是别的什么教，都宣扬人死后会受审判，并且明显倾向于表现起诉人与辩护人之间的冲突。用天平可以衡量一个人的罪行与善行。在藏传佛教中，阎王担任着判官的角色，他通过称量黑白两色石子来进行审判：黑色石子由起诉人放在天平的一边，白色石子由辩护人放在另一边。在所有的宗教中，佛教最强调一个人生平所为的不可磨灭，这一点主要体现在因果报应上。

达成以后

自称欧洲虚无主义先知的弗里德里希·尼采曾自豪地宣称："我们，虚无主义者"，并解释了什么是"最极端的虚无主义"①——即"一切试图说明某种事物与真相相符的观点，或者相信它与真相相符的信念都必然是错误的，这仅仅是因为'真正的世界'并不存在。"他甚至把这种观点命名为"上帝式的思考"。这既是对基督教的轻视，也是对与基督教相似的佛教的轻视。他甚至不敬地称他的老师叔本华为：颓废主义者。

如果他能亲眼看到，人们在他死后是如何运用他的思想的，那么他一定不会满意。他曾为之自豪的是敢于挑战传统的勇气。而如今人们反而需要勇气才能反对他的思想？

可怜的叔本华

为什么人们一提起欧洲虚无主义者，还和一百年前一样想到叔本华？他不配受到这种对待，不过也许是因为他的哲学把神圣和艺术的地位提得很高吧。他受到东方宗教的影响，认为自由意味着摆脱因果报应的规律。

---

① 出自《权力意志》。

只有在咖啡馆文学沙龙的文化里，涅槃才被理解为虚无。叔本华则认为，把涅槃等同为轮回是说不通的，他们其实是相反的。

垂直轴

上和下。当你看到新约中的耶稣升天图时，你肯定会被它的神圣之美而震撼。其实在精神世界中，垂直轴的概念无处不在。例如希腊教中的地狱阎王，犹太教中的冥府，但丁笔下的地狱、炼狱和天堂，藏传佛教中的"中有"——即今生死与来世生之间的一种状态，若是好的转世则上升，反之则下坠。

呱呱叫

呱呱叫的犬儒们强迫人们相信，生命就是缠成一团互相撕咬的老鼠。如果对他们说："这样做会下地狱的",他们不仅不会接受,还会嘲笑有人相信死后的生命。所以不如这样告诉他们:"这样做你们注定会赢,却也会得到最终的惩罚。"

堕 落

他们不得已放弃了马克思列宁的哲学,而选择了资产阶级的思想和对金牛犊的崇拜。

这么简单?

陀思妥耶夫斯基在一八七三年发表了自己的著作《群魔》,并在里面预言了一切。他根据自己对俄国知识分子中盛行的虚无主义思想的研究,预言俄国的革命必将由这个群体发起。那位领袖与这部小说的主人公们很相似。在一九一七年夺取政权时,他的心中没有过任何犹豫。

预 言

弗拉基米尔·索洛维约夫①在他一九○○年发表的《三次对话》中提到过俄国的墙洞祷告派,这些人会对着墙壁上的洞祷告道:"神圣的洞啊!"他认为这种对虚无的崇拜将在二十一世纪导致俄罗斯和欧洲的不幸:俄罗斯将被中国征服,而欧洲将遭到某一宗教的反攻(除了索洛维约夫还有谁敢如此预言?)。

欧洲思想中的"虚无"与"神圣的洞"相似。某一宗教的原教旨主义一派不仅反对异教徒,还反对一切没有任何宗教信仰的人,那么,欧洲的虚无主义怎么可能不激起他们的斗志呢?

---

① 弗拉基米尔·谢尔盖耶维奇·索洛维约夫(1853—1900),俄国著名宗教哲学家、诗人、政论作家。

摘 抄

每当洛特想起"巴尔扎克、司汤达,还有那一代小说家是如何揭露人类的行为和动机,如何深入剖析每一个人性退化的现象,直到触及人的理想的最底线"时,就会感到恐惧。这和他当年在课堂上读到这些作品时的感受完全不同。他的心中萌生了一种对所有好的、经典的、有价值的文字或艺术的赞叹——他意识到:我们现在在意的是"怎么做"而不是"做什么",我们变得对内容和形式毫不在乎,注重的是技术和技术的效果。于是他的恐惧又加深了。

——摘自亚历山大·瓦特①《洛特的逃离》

---

① 亚历山大·瓦特(1900—1967),波兰诗人。

宗教复兴

在波兰,宗教的复兴应当是从每年最盛大的节日开始的。它不是圣诞节,也不是复活节,而是一个非基督教的节日——纪念故人的万灵节。

创造日

其实根本没这么难。
上帝创造世界。谁说是在很久以前?
不久。就在今晨。也许是一小时前。
因为那快要枯萎的花,重新绽开了笑颜。

奔 跑

他们疲于奔命,却忘了最重要的事。
他们奔跑着,好像相信自己会永生。
每个人都觉得自己很珍贵。
每个人都觉得自己是独一无二的。

不可能

可怕的刑具变成了得救的象征,
这就是十字架的秘密。
教堂里随处可见的东西,怎么会不引起人们的思考?
就让惩罚的火焰烧毁这个世界的根基吧。

缺　憾

诗与一切艺术都是缺憾，它提醒着人类社会，我们是不健康的，虽然要承认这一点很难。

幼　稚

诗人是成人世界里的孩子。他深谙自己的幼稚，所以必须假装融入成人的活动与习俗。

他心里住着一个孩子——被成人所嘲笑的天真而情绪化的孩子。

抗　拒

我不愿谈论诗的表达方式和美学理论，因为这些东西会把我们局限在一个单一的角色里。我为此感到难为情，或者说我不愿坦然接受被定义为诗人这一事实。

我很嫉妒尤里安·普舍波希①：他为何能习惯披着诗人的外衣？难道他内心没缺点，也没有黑暗的纠结和无助的恐惧？难道他觉得这些永远不会显现出来吗？

艺术崇拜

人们对艺术的崇拜日益增加，正如独立的人越来越多，他们是一群不愿封闭在社会习惯与宗教规则中的人。这群人常去博物馆，例如卢浮宫、纽约大都会博物

---

① 尤里安·普舍波希（1901—1970），波兰诗人、翻译家。

馆，也乐于参观那些二十、二十一世纪之交时期的真正的教堂。

每一个独立的人都想要体会所有别人体会过的东西，包括在电视屏幕和杂志画报上展现的那些：有关性、服饰、汽车和旅行。这种人喜欢聚集在一起活动，并为彼此拍照作为记录。他们并非清醒地意识到，自己所渴望的更高级的东西，转化成了令人惊叹的艺术。

亚历山大里亚

小时候我不知道从哪儿接受了这样一种说法："亚历山大里亚"代表着创新热情的减退和解读旧经典的潮流。不知道这样的理解在今天是否还正确，但在我经历过的时代，词语并不单纯代表它的本义。举个例子来说，"树"是指代"关于树的文章"；"关于树的文章"又是指代"以关于树的文章开头的文章"，等等。而"亚历山大里亚"则指代"衰落"。很久以后，人们必将忘记这种游戏，然而在什么都忘不掉的年代会怎样？

博物馆，相片，复制品和电影胶片——在这些丰富的信息之中，独立的人并没有注意到自己已经被无处不在的记忆包围了，并且正在攻击他们本就不够强大的意识。

不是他

我，他们。我和他们之间的距离有多远？诗人知道他们眼中的自己根本不是真实的自己。这一点在他死后也不会改变，他的魂魄没法从另一个世界发出信息以纠正人们的误解。

过　去

过去是不准确的。那些活得很长的人知道，亲眼所见的事总是会被流言蜚语、神话故事、各种被放大或被压制的消息包裹起来。"根本不是这样的！"他想大叫，可是却没有，因为人们只看得到他张大的嘴巴，却听不见他的声音。

不阳刚的

写诗这件事被认为是不阳刚的。但从事音乐和美术的人却没有这样的困扰。好像一切艺术都具有的女人气全算在诗人身上了。

当一个族群忙于战争和猎食这种重要的事务,族里的诗人便会承担起巫医或萨满的身份,他们可以利用法术保护、治疗或伤害一个人。

诗的性别

如果诗有性别,那一定是女性。缪斯不就是女性吗?诗敞开胸怀,等待着人、灵魂或恶魔。

珍妮①说她没见过任何一个比我更像乐器的人,她说我像乐器一样被动地屈从于声音,这也许是有道理的。我感到羞耻,像是一个孩子站在成人中间,一个病人站在健康的人中间,一个爱穿女人裙子的易装癖者。他们说我性别不明,不像个男人。直到有一天,我在他们身上发现了一种所谓男性化而且很健康的特点,他们一直质疑我缺少这个特点,那就是神经绷得太紧,以至于被逼疯了。

语言的力量

"一切没有被说出来的,注定要消失"②:纵观二十世纪的人类历史,会惊讶地发现,每一个历史事件或人物都值得被写成史诗、悲剧或抒情诗。可他们都消逝了,只留下淡淡的痕迹。可以说,即使是最有魄力、最热血、最果决的人,与仅仅是描述初升之月的几句精雕

---

① 珍妮·赫尔施(1910—2000),波兰裔瑞士哲学家。米沃什的朋友。
② 摘自米沃什的诗《读日本诗人伊萨》。

细琢的话相比，也只能勉强被称作影子罢了。

衣　着

斗篷，大花结领结①，黑色宽檐帽，或者牛仔裤，络腮胡，麻花辫，黑色毛衣——波西米亚人的服制。有些人希望通过打扮来证明自己是诗人、音乐家或画家。特立独行的人却对自己的作品充满信心，不愿用穿着标明自己的身份。如果他们不用普通人的衣着掩盖自己的职业，或许会更坦诚一些——证明他们不羞于把象征着怪人和疯子的特点展现给大众看。

得救赎与下地狱

我们当中有多少人会得救赎，又有多少人会下地

---

① 原文为法语。

狱？我们的人生履历证明，我们大部分的行为是罪恶的。我们过分依赖酒精和药物来逃避现实，自我麻痹，证明了我们生性软弱。也许有一个"诗意"的民族，会把这种逃避现实的方法视作他们与众不同的民族特征。然而我们是国际主义的，不想给自己寻找一个民族主义的解释。

追求目标

想要做成一件事就必须全心全意地投入，将自己与外界彻底隔离。这里绝不仅仅指时间的投入。因为你还必须欺骗自己的感情，慢慢改变自己的个性，好像有一个目标能够超越你的意愿，甚至高于一切，指引你径直走向你的宿命。

艺术与生活

该如何解释艺术与生活的关系？比如有这样一位小说家，他在描述人物心理时很爱参考自己的想法。作家笔下的人物与作家本人相似，人物的劣行也许能够警示作者，促使他改正自己的品行。为什么有时作家笔下的人物就是自己的化身，他不知不觉地将自己的内心展示了出来？又是为什么，有时作家所呈现出的东西与自己毫无关系，甚至像断线的气球一样，脱离了其创作者的控制？

不愿承认自己是酒鬼的人却懂得怎样描述醉酒；自诩大方的吝啬鬼却写出了抠门的实质；写下贪婪鬼的丑态的人却没意识到那就是他自己。相反，肮脏不堪的人写出了纯洁忠贞的爱，胆小软弱的人写出了英雄主义，自私自利的人写出了伟大的同情。

热　带

　　啼叫的鹦鹉。转动的风扇。美洲鬣蜥沿着棕榈树干向上攀爬。翻滚的海浪把浪花拍在沙滩上。当我年轻时，一到假期就感到绝望，只因为很多被认为理所当然的事其实并没有任何意义。如今不再年轻的我置身于热带的国度，才发现，我一直想找到一种药来治愈这理所当然的无意义。给现实赋予一些意义吧，怎样的都无妨，让现实不再淡漠和无能，不再没有目标和渴望，不再没有肯定或否定，不再只是被具象化的虚无。宗教！意识形态！渴望！仇恨！用你们精致的布料盖住这盲目的东西吧——而它甚至连一个名字都没有。

鹈鹕（哥斯达黎加）

　　我惊讶于鹈鹕终日的劳动。

在海面上空低飞,

盘旋,俯冲入水,

捕捉一条鱼,溅起白色的水花。

这套动作循环往复,从清晨六点就开始了。

对于它们来说,海景是什么,

碧蓝的大海、棕榈树和海平线又是什么?

(退潮时,礁石露出来,表面闪烁着黄色、玫瑰色与紫罗兰色的光。正如远处的船帆。)

你不要试图靠近真相。你该终日幻想太阳之上的形象,

隐形而自由,对于饥饿和必需品不屑一顾。

球(哥斯达黎加)

他在小溪后的草丛中刺死了一个敌人,

然后把头颅献给部落首领。

这是敌对部落的一名侦查员,可惜,

没能活捉了他。

如果是,那么他将被奉上祭台,

全村人像庆祝节日一般,

看着他被慢慢杀死。

他们是一群身材短小的棕色人种,

身高仅有一米五左右。

虽然他们还不认识陶轮,

但生活中已经出现了陶器。

除此之外,在热带茂密的丛林中,

他们造出了花岗岩的球:巨大,神秘。

如何在没有铁器的帮助下,

把花岗岩打磨成一个规整的球体?

经过了几代的不懈探索吗?

这个球对他们来说又象征着什么?

象征肌肉,皮肤,火中噼啪作响的树叶

——这一切会消亡的事物的反面?

或者,它象征着一种崇高的抽象?

没有生命,因此比任何其他事物都更有力量?

五光十色的世界

人类在生活的残酷之上建立了五光十色、蓬勃盛大的思想世界。然而一切艺术、神话和哲学都不会只待在属于自己的高处。因为正如我们所知,这个星球最初诞生于思想的梦,可如今它已被数学等式所改变,并将一直被改变下去。

警 告

儿童画册中的小动物们——会说话的小兔子、小狗、小松鼠,或者瓢虫、蜜蜂、蟋蟀。它们与现实中的小动物或者昆虫的相似程度,反映了我们对世界的想象与真实世界的相似程度。想想看,真令人毛骨悚然。

名　称

令人惊叹的美是伟大的，却是生造的：
*Emberiza citrinella*① 这个名称光彩熠熠，
而鸟、树、石头或云却平淡无奇。

将来会怎样

仿佛艺术家的直觉——他灵光一闪，在一瞬间看到了自己的作品两三百年后的模样。

两三百年后他的作品是否还存在，取决于这种语言本身是否还存在。也就是说，取决于这种语言的使用者——多数人是愚昧的，他们会把语言往下拽；少数人是

---

① 黄鹀的拉丁语学名。

智慧的，他们会把语言往上提。这两种人各有多少？

我无法原谅我不曾相识的先人们，他们不好好整理波兰语的读音，把 prze、przy、sci 这样难读的音节留给我来头疼。

我们这个圈子

艺术家之间的嫉妒尽管引人发笑，却并不好看。好像每个人一抓到机会，就会把另一个人的头按进水里。看多了这种事，便不由自主产生了阴暗的想法。因为这恰恰就是我们人类的处境，唯一不同的只是被争夺的东西——在生活的战场上，人类追逐金钱、爱情、安全，这些看得见摸得着的好处；诗人和画家则追求着最抽象的荣誉，可人终有一死，追逐这种荣誉看起来似乎是完全没必要的。然而，他们在追求这种荣誉时并没有考虑到未来，只是为了当下的自我评价，仅此而已。正面的评价像一面能美化人的镜子，负面的评价则会令镜中的形象变得扭曲，再天生无害的品性也会显现出恶魔般的模样。

在男女的亲密关系中也是一样：追求、满足、欢笑、哭泣——亘古不变，人们费尽心力想要得到的，最终还是对自我的肯定。换句话说，他们所求的只不过是对自己美丽的容貌、强大的吸引力或阳刚的男性魅力的证明。

温　度

在艺术家、文学家和学者扎堆的圈子里，充满了冲突和友谊，为了宣战或抵抗而结成的同盟，以及有关他人隐秘私事的流言蜚语——在这个圈子里的每一刻，都可以比作被这些东西所密密织成的一匹布。有趣的是，沉浸其中的人们却往往忽略了它的特点。直到这些时光都流逝了，才恍然惊觉。某一日，突然发觉那些最熟悉的面庞都烙上了岁月的痕迹，失色的脸上爬满皱纹，青丝中掺进了银发，或者头发已经脱尽。然而，这令人悲伤的场面却伴随着思想的光辉：原来只有身体层面的存在——男人和女人的体温，还有他们的身体器官所具有的动物性的温度，才能保持住激情。当精力和活力的水平渐渐降低，人就会感到有如靠近冰山般的寒冷。这座冰山势不可挡地朝着我们移动，无论是兔子还是青蛙都被它毫不留情地碾压，人类和他们的社会也瞬间被摧毁。之后，便唯有艺术史、科学史和文学史留了下来。过去的一切消失得无声无息，想在学术论文中寻找痕迹也是徒劳。只剩下了几个名字，还有注定无解的问题：那一切都去哪儿了？

它

它已经形成，连细节都天衣无缝，好像我一伸手就能拿到。当我想要取用它时，就像从架子上取下早已存在的东西，而无须从包围我的虚无中把它提炼出来。

发　现

　　人们无法理解，为什么这位诗人的作品既愤世嫉俗又充满爱国主义，对权力既歌颂又讽刺。为什么他既像一个忠诚的信徒，又像一个怀疑主义者，既高兴又悲观呢？那时个体就像是城堡，军队从这里出征。

　　后来人们又发现，人类文明就是成千上万交织在一起的声音，正如一个乐队，其中的每一个人都会轮流充当几种不同的乐器。那种物质的弱化和对本质的怀疑着实令人遗憾，甚至可以被称为"人类的死亡"[1]，为我们不断更新的戏剧创造了新的维度。

---

[1] 出自米歇尔·福柯的《词与物》。

未　来

这是未来社会的预言。人们患有种类各异的心理疾病，随处可见自言自语的疯子——正如今天在加州所发生的——人们沦陷在不道德的性、毒品和犯罪之中。因此，尊重思想和理智、保护传统的小部分人必须团结起来。也许这些人之中还会有诗歌的存在，虽然这将与文明倒退的社会格格不入。正如在很多病人之中的健康人，而他们的处境会和从前在健康人之中的病人一样。

使　命

太多不可辩驳的证据可以证明，他的生命轨迹受天命的影响太深，有时他也希望自己对这些视而不见，不想被迫背负天授使命的责任。当他备受两难煎熬时，是否曾有那么一瞬，看到了自己作为人类的仆人的命运？

或者说是人民的仆人，民族的仆人？这使命是他苦苦求得的，只是当时他并不知道这条路将通往何处。

民　族

我想要把这些民族的历史记录下来，但又想起他们其实没有任何历史。如果我写了，不就等于为他们的后代编造各种神话提供了蓝本吗？

迷　宫

在我生活的时代，人们非常崇拜自己头脑的迷宫。这是诗人与艺术家们日益旺盛的活力的证明。人们用遣词造句和涂抹画布代替了向天地、海洋、星云的提问——他们再也不在乎那些答案了。作为一个写作者我本该感到开心的。我也不知道自己的异议是从何而来。

"可是，正如我说过的，我生在农村。那儿的人们在木头教堂里向耶稣祷告,而由椴木雕刻的太阳和月亮是祂的随从。为了严格遵守旧式的传统,我虔诚地创作圣歌和颂歌,忘掉思想的尊荣,只是像使用纸和笔一样运用它。"

托伦市八岁的阿霞

我就是那么喜欢您,先生,超级感谢您写的诗《有关罂粟的预言》① 和《这么少》②(我很喜欢它们,就像我的猫一样)。

阿霞

抱歉做这样的比较,但是这是真的。

---

① 此诗选自组诗《世界》,收录在《拯救》(1945年)一书中。
② 米沃什于1969年在伯克利写的一首诗,收录在《太阳升起又落下的地方》(1974年)一书中。

在梦里

我沉入更深的梦里了。老年人时常突然地打起盹儿来,处在梦与醒的边界,但我说的不只是这个。有时我坐在车里,当我睁大双眼看着窗外,会把沿路的房子、草坪和老教堂的外墙变成一串移动的画片,仿佛是从时间画册上一页页撕下来的,可我根本弄不清哪些是我曾经看到的景象,哪些是此刻在我眼前的。

梦的疆域

梦的疆域也有自己的地形。多少次我来到那里,认出了同样的路牌,同样的山路,我知道该往哪个方向走才能到达想去的地方。这些地形不完全一样,总在变化,就像是脑中对空间的记忆加密后,复又重现出来。虽然我知道梦里的地形是取材于记忆,却无法辨认出是记忆中的哪一处景色。这些地方是真实世界里不同地点的投影吗？还是它们都在模仿同一处风景呢？

梦

* * *

她在浑浊的湖水里游完泳，哭泣不止，我给她披上了毯子。

* * *

松树受了伤，却在疯狂地生长。

* * *

几只猫在沼泽之间的浅水里捉鱼。

超 然

年老的诗人像一位道家的智者，一边努力保持着自己内心的超脱，一边观察着年轻人盲目的奔波。这让他回忆起从前的自己,那时的他已经意识到了些什么,却没有足够的渴望。

经　验

人的生命变得更长了。这是医学知识的功劳。他自己知道,如果不是因为每天严格遵照医嘱服药,身体早被这个病给拖垮了。所以他与那些讥笑进步观念的人是持不同意见的。

同　时

我坐在火车上通过一座桥,同时我也走过一座桥。A 同时又不是 A。这岂非梦里的逻辑。可是,上帝是唯一的,同时又是三个人。面包和葡萄酒同时也是耶稣的身体。

怀 疑

我曾经像一个腹部受了伤的人,边跑边用手托着自己的肠子。而且据我所知,还有人和我一样。一个被迫总在担心自己伤口的人,他说的话会是理智的吗?

布 里

你亲眼去看吧,不要被泛滥的回忆主宰。
多年后,再回到布里·孔特·罗贝①小镇吧,
再踩一踩铺满栗树叶子的林荫道,
再深深地吸一口往日的空气,
让内心满溢的忧惧都烟消云散。
当时你感到绝望,然后离开。

---

① 巴黎的小镇,米沃什与家人在1953—1956年居住的地方。

你深知自己别无选择，如果这是必须承受的，那便去经历。

你经历了，于是你变成了现在的你：

不完美，但了解自己的缺点，

为自己犯的错感到羞愧，但从不过分沉溺其中。

如果我也写日记

如果我也写日记，和纳乌科夫斯卡①和东布罗夫斯卡②一样，那么大概会令我的读者们大跌眼镜，因为我的日记不会符合他们眼中的我的形象。我内心的煎熬几乎是病态的（或许我真的病了？），如果我将它展现出来，人们将会发现我对工作是多么坚持，这会为我赢得他们的尊敬。但我终究不愿写那种日记，换句话说，我不愿意暴露自己。是因为我担心自己的日记不止会被文学史研究者看到，还会被其他人利用？

---

① 卓菲娅·纳乌科夫斯卡（1884—1954），波兰女作家。
② 玛丽娅·东布罗夫斯卡（1889—1965），波兰女作家。

男人的特点

清醒的竞争意识。紧张的。敏感的。时刻准备赛跑。攻击性的思维。比别人知道得更多。世界的改造者。反复纠结于每一次失败。非难他人。无法与自己妥协。

女人则笑看着这一切,因为她们知道男人所专注的,只是一些终会消逝而意义甚微的事情。

论 据

诗人被逐出"理想国"是必然的。① 问题是怎么驱逐他们?诗人说出了所有人的脆弱敏感。他们的人数以百万计。然而,也许突然有这么一天,国家为了保护水

---

① 柏拉图在《理想国》第九卷中提出过这个观点。

和空气的洁净，要对某些污染世界的人实施"清扫"。

诗人被逐出"理想国"的事总是以讽刺的形式被写出来。为什么？国家成立了特殊机构，专门抓捕那些写诗上瘾的人。在这部"科幻小说"中，应当删除一切讽刺的语调，还应当体谅特殊机构工作人员的难处。正如在某些警察国家中发生的那样，诗人可以自己花钱去印刷那些难懂的诗，并且单凭可观的人数就可以让国家不得不与他们讲和。然而这部"科幻小说"的戏剧性在于，大多数人竟然都一致地把自己对诗的需求隐藏起来，并且出现了许多假意投敌的人，就像当年在西班牙的马拉诺一样。所有人都不敢在家里藏匿诗集。同时，特殊机构的工作人员也一直在与自身的脆弱作斗争，他们假装不记得自己在家偷偷填完的诗。

高与低

更高与更低的辩证关系中大有深意。写诗的人往往希望读者是与自己相同的人，这里的意思不是说要把诗人一分为二，同时作为作者与读者，而是希望读者最好能有与诗人相同的知识范围和理解能力。可惜这种理想的读者屈指可数。读者对于作品的接受往往是错误的，而文学研究者和评论者却常在曲解作品的基础上建立自己的理论。

当更高级的思想谦卑地俯下身来，愿意以对待同类的姿态去与更低级的思想交流时，就会产生非常可怕的误解。由此便产生了对事实的简化，从而捏造了历史。

好莱坞

让我们想象一下，当好莱坞的那帮人——投资人、导演、演员落到诗人手里，会是怎样的下场。这帮人每天挥金如土，侵犯数百万人的思想，他们从来不是为了任何理想，而是为了充实自己的腰包。诗人会判给他们怎样的刑罚呢？他在犹豫，不知是该切开他们的肚皮挖出肠子；还是用铁丝网把他们都监禁起来，断绝食物，逼他们自相残杀，让那些最有权势的大亨们率先成为别人的盘中餐；还是把他们都扔到一个大火炉里，或者把他们捆在一起扔进坑里活埋了？然而，当诗人审讯他们时，见到一个个卑微的、颤抖的、讨好的、毕恭毕敬的嘴脸，便又忘记了他们的傲慢，打了退堂鼓。这些人的罪恶正如集权制国家公务员的罪恶一样难以界定。最公正的裁决就是立即判他们所有人死刑。毫不在意地耸耸肩，让他们解脱。

宽　容

他早就丢掉了自己的固执，但随宽容一同增长的还有对一切的怀疑。他坐在黑暗里，看着戏台上的提线木偶竞争、祈祷、骄傲、忏悔，从他们身上看到了自己的愚蠢。

不　同

看起来一样的东西，往往是不同的。有些毒蘑菇看起来和可食用的蘑菇一样。有些哲学根本不是哲学。有些音乐只称得上是尖叫和噪音。

以下是一位可怜而纯粹的诗人对音乐的区分：

> 提到音乐，我就想到曾经看到的一则新闻，说的是美国有一位名叫桃乐丝·瑞塔莱克的女士，她花了几年时间完成了一个有关植物听音乐的实验。这个实验的结果发表在一本名为《音乐与植物》的书上。她曾在一些盆栽植物旁边播放激烈的摇滚乐，每天持续几个小时，两三个星期之后这些植物就都死了。叶子变黄脱落，茎背对音乐生长，整个植物的形态变得很奇怪。同时，瑞塔莱克女士在另一些植物旁边播放巴赫、爵士乐和印度西塔琴所演奏的宗教音乐，那些植物则变得生机勃勃。一些匍匐植物——例如菜豆，向着音乐的方向生长，有的枝蔓爬上了音箱，甚至有要钻进音箱的趋势。
>
> ——爱德华·斯塔胡拉《一切都是诗》（1975年）。

一碗神圣的汤

诗人正陶醉在美味的马赛鱼汤①中,他看着这碗汤,如果里面还有什么食材能被分辨出来,那一定是糊了的鱼块和虾。他突然发现,此刻自己置身于远离尘嚣的家乡,正坐在自己家里,于是便开始感激上苍。

波兰诗人

波兰诗人致力于战胜本国语言中始终存在的一种遗留传统——那就是作为夹在两大帝国之间的国家,对自己命运的担忧。他和那些母语天生乐观的诗人有很大区别。

库尔德语的诗人只关心库尔德族的命运。在美国诗

---

① 原文为法语。

人的心里，完全没有"美国命运"这一概念。而波兰诗人永远是站在中间的。

在两股相对势力的拉扯之下，波兰诗歌难道不应该天生被赋有一种特质吗？这种特质不仅明显地体现在似乎与历史毫不沾边的诗里，还体现在安娜·希维什钦斯卡①的情色小说里。

解　脱

他完全挣脱了地域与身份的沉重枷锁，注定要寻求外国的文化模式。

蒸　馏

担忧、焦虑、良心的折磨、后悔、羞愧、不安、压

---

① 安娜·希维什钦斯卡（1909—1984），波兰女诗人，剧作家，儿童文学作家。米沃什曾把她的诗翻译成英文。

抑——从这里流出的诗句却是光明的、整齐的、大慈大悲的、甚至可以说是经典的。又有谁人能理解？

还是不要隐藏了吧。因为假装自己的阴暗面不存在的人，会难逃命运纺锤的报复。

教　训

相信你是出色的，然后渐渐发现，你是不出色的。为了一个人的人生努力就够了。

难道不是吗？

轻轻地挥手告别自己的一生，就像忘记几首诗的评论那样，我想没有比这更好的事了。

人　物

人物。有一个意义重大的真相被揭露了，那就是当我们以"我"的口吻说话时，其实只是一种文学修辞。这个诗人承认，他诗中的自己不是他本人，而是他创造出来的一个人物，这个人物的胆子更大些，以至于可以不加顾忌地瞎说。诗人拾起记忆的碎片，是为了拼凑成一首咏叹调，而唱歌的人只是一个和自己有点儿像的人物。

目　标

一面是光明、相信、信仰、大地之美、人类所能拥有的最高热情，另一面是黑暗、怀疑、不信、大地之恶、人类所能做到的最坏事情。当我写作时，光明的一面就展露出来，当我停下笔，黑暗的一面出现了。所以我必须写作，为的是防止自己堕落。这里面没有什么哲学，更多的是经验。

小　说

小说应该是有趣的、令人惊叹和感动的。如果不够动人，那么便算不上是一部真正的小说。它天生就该是感情丰富的，跌宕起伏的，正如童话一样。当人们赋予小说更多的要求时，这一点就开始被淡忘了。

情节剧

情节剧：父母逼女儿嫁给了她不爱的人。女儿婚后与前未婚夫偷情，这个男人比原来有钱了，还成为了她家族的朋友，并且指定女人为自己的遗产继承人。女儿与父母断绝关系。母亲登门看望女儿，女儿打母亲，把她赶了出去。母亲诅咒女儿。诅咒应验了。以上所有情节都在一部小说中发生了（塞尔玛·拉格罗夫的《贝林的故事》）。

神话故事

在神话故事这样的小说中，一定听得到作者的声音。他的价值观在小说中得以体现，但故事本身并不是说的自己。假如他以第一人称写作，就有可能被人发现他缺乏成熟和冷静——神话故事作家不可或缺的两个特点。神话故事的另一个特点是：善心。

渴　望

他渴望对人们敞开心扉，毫无保留地谈论自己的生活。这不可能。或许可以写一部心理小说，但其内容定会与真相背道而驰——不外乎是自我忏悔罢了。可以预见的是，谨慎的良心肯定只会控诉主人的小罪状，来掩饰那些更大的罪行。

独　白

肯尼斯·雷克思罗斯①听过我们的谈话后，说："你们根本不懂如何交流。你们面对彼此说的话，其实只是独白。"他说透了中欧人（或许只有波兰人?）的这个特点——这一点我们早已意识到，而它之所以如此令我们不安，是因为个人性格与民族性格在这里重合了。不禁自问：是我个人的问题？还是我们民族的问题？

怀　疑

波兰人之所以不懂得写小说，也许是因为民众对小

---

① 肯尼斯·雷克思罗斯（1905—1982），美国诗人。米沃什的朋友。反对一切权威，美国"垮掉的一代"的教父。

说根本不感兴趣。除了他们自己和他们国家的命运，再无其他能引起他们的兴趣了。

自我蔑视

为什么波兰人总习惯于找出叛徒，而且不分青红皂白地把"叛徒"这个词滥用在每一个与众不同的人身上？因为波兰人总是对自己的民族怀着一种自我蔑视，深深地渴望脱离那些被他们形容为低下的大众。

贡布罗维奇

一种思想，先是影响了特定的圈子，然后逐渐扩大其传播范围——虽然不能说影响了大众，却可以说影响了所有的读书人。贡布罗维奇的反叛祖国思想就是这样蔓延的。值得怀疑的是，使得他在波兰名声大噪的仅仅是这种反叛的、突然变得理所当然的思想，而非他作品的其他特点。这种反叛祖国（或者按照他的说法："儿国"①?）的思想受到广泛推崇，以至于我这种几乎完全不盲目爱国的人也发觉，没完没了的抱怨和自嘲是多么不得体。

在非洲

"现在你在非洲了。开心吗？"有人问一位来自美国的非裔诗人。"这里没有一个令人恶心的白人，全是黑人。""可我完全受不了这些黑人的愚蠢和蒙昧！唯一能让我自我安慰的，就是我和他们不一样，因为我来自一个特别智慧的黑人族群。"

---

① 原文为波兰文。

我的看法

在我自己看来,我对两次世界大战之间的波兰的看法是值得商榷的。我在齐格蒙特·奥古斯特国王第一男子中学①的同班同学都不可能像我一样感受或思考。如果把我的与众不同归因于敏锐和智慧,那么在垂暮之年的我看来就是犯了骄傲的大错了。

想　念

想念、伟大的爱、信仰和希望——都是源于人们内心的一个信念。想到这里,他发现了十九世纪与二十世纪的区别。十九世纪是情绪、情感和情节剧的世纪——在那个时代,感情的力量是无比强大的。

---

① 维尔诺的一所初中,米沃什在《欧洲家乡》里"儿时的城市"和"天主教式的教育"这两部分中提到过。

洗　涤

　　在人生的暮年，一位诗人这样想道："我曾经如此沉浸在对这个世纪的执念和荒唐的想法之中！我想我有必要坐在浴缸里，用力擦掉满身的污垢。然而也正是因为这些污垢，我才能成为一名二十世纪的诗人，这大概是上帝的安排吧。"

楷　模

　　我的道德楷模是：把一辈子都奉献给精神事务，耄耋之年仍热情不减，并将此态度保持至生命终点。

一位波兰作家

一位波兰作家知道对抗孤独的特效药。那就是想象自己正参与编纂一本由所有时代的所有作品集结而成的著作。这就好像在这一刻——在过去与未来相遇的节点，与所有用波兰语写作和思考的人见面、交流一样。没有这种药的人最好别得孤独病。

时　代

让我们假设他生于一八一一年。如果他能活到一八九六年，难道不会担心人类、祖国和家乡的命运在二十世纪会是怎样的吗？他完全融入了自己所在的小圈子的文化，每天考虑着世俗的纷扰，而他本该顾不上这些的，他本该忙于评估当代人们的观念、成就和相互关系等问题。二十世纪的恐怖就在前方，他却浑然不觉。当但丁在地狱里与永世受罚的灵魂交谈时,已经知道了这些人死后世上所发生的事。让我们假设有一个活在一九六〇年的新的但丁,他作为见证了世界在二十世纪的变化的人,又会告诉十九世纪的灵魂什么呢?

谨 慎

小心。小心。
残垣上的太阳,鸽子鸣叫。
郊游,冰棍,小旗,绿色的龙①。
广场上,卖花女摇着手中的花,
从桶里拿出来的几把白色的芍药。

小心。小心。
白面包躺在面包房的架子上,
它的香味充满了整条狭窄的小街。
穿着黄衬衣的女孩和穿着黑毛衣的男孩,

---

① 这里指克拉科夫瓦维尔城堡的纪念品,以传说中瓦维尔山下岩洞里的龙作为原型。

望向溜走的轨道。

小船在河上飘着,在白云下,那么庄严。

小心。小心。记忆没有道理。

所有的记忆终将化为尘土。

这只是一场沉重的梦,

梦醒后,在迟钝身体的迷宫里留下了伤痕。

做了这场梦的人停止说话,

因为不愿打断点头与微笑的仪式。

因为这一切都将在一瞬间闪现,爆炸,崩散,

宣告它们的不真实。

我看见了

我曾经在场,所以我知道,因为我看见了。在我身边有许多比我出生晚的人,总让人感觉他们也知道点什

么。但他们真的什么都不知道，就算知道也是一知半解。关于我的生平琐事和我书里的细枝末节也是如此。有人对这些东西很感兴趣，不遗余力地探索。他们似乎听到了些什么，却听得一点也不真切。他们随意捡起我的一本书，就通过它给其他的书下了定论。

分　离

精神和肉体的分离似乎是我们脑中固有的观念，我们能如此轻易地相信有关鬼魂的故事，正如千年之前的祖先一样。

如　果

如果死亡就是一切的终结，该有多好！我们不用再害怕面对自己生前的作为，也不用再担心会被他人耻笑。更不可能居高临下地俯瞰自己的家乡——人们无论犯错还是作恶，我都一览无遗，却无力改变。这让我想起密茨凯维奇①的忧虑，他曾说，没有肉体依托的灵魂将痛苦万分。

习　俗

人类这一物种的习俗和潮流千变万化。试想一下，百年、千年、五千年之后的习俗又会是怎样？始终不曾改变的是，它们总是与性相关——无论是直白的，还是隐晦的；无论是在避讳它的文明中，还是在能自由谈论它的文明中。

---

① 这里指密茨凯维奇的戏剧《先人祭》第二部分中姑娘说的话："因为根据上帝颁布的指令，谁若是生前没有接触过人生，那他死后就不能进入天堂。"

体　面

　　正如他们所说,我曾经与上帝和世界讲和,那时我感到虚伪,好像我在假装另一个人。而当我重新披上罪人和怀疑者的外衣时,便又找回了自己的身份。这在我的人生中已经不止发生一次了。毫无疑问,我喜欢自己体面的样子,可每当我戴上面具,我的良心就会小声地对我说:这只是在自欺欺人罢了。

　　*神圣*①这个概念是必要的,但一个人又不可能完全不沾染一点罪恶。我已经被玷污了,我是一个罪人,一个反叛的人,不是因为我做过什么,而是因为我内心藏着恶。当我把自己的定位放低时,才感到真实。

---

　　① 原文为拉丁语。宗教学术语,由罗马尼亚宗教史家米尔恰·伊利亚德(1907—1986)推广。

八十五岁

这是我的周年纪念,花香四溢,五光十色,觥筹交错。他们大概不知道我心里真实的想法。这不就是一场冷冰冰的得失衡量吗?失,是指那些我写过的假话,它们将以白纸黑字的形式永远存在,成为最被世人津津乐道的部分。于是我问自己,一个人能写出大量的真正有价值的作品,是否非要以作者的生平被歪曲为代价;或者说,在提炼出几个绝对纯净的词句的过程中,是否一定会留下大量的垃圾和废物?

相 反

充满鲜花和掌声的八十五岁生日。一整晚,好像有一只看不见的耳朵在聆听判决。本该如此吧,正如我在很年轻时就预感到的那样。我感觉自己不配得到这一切。人们聊着天，而我和我丑陋的灵魂站在了法官面前。

对真相的渴望

你所写的诗和故事遇到了你对真相的渴望，你心中便不由地生出了羞愧。因为它们就像神话一般，是无中生有的——既没有发生过，也不是你当时感受到的。文字，是一条天鹅绒，当你掀开这层华丽的外表，就会发现里面什么都没有。

伪 装

这是一个极其害羞的男人，看来并没有什么教养，也不懂社交的基本规则，他忍受着这种场合的折磨，紧张得手心冒汗，满脸通红——他，在这场灯红酒绿、衣冠楚楚的戏里扮演着别人。这个角色本不该让他这样毫无准备的人来演。然而正是对这个场合的生疏使他看穿了表象下的真实——粗俗、尴尬、滑稽、夸张、敏感、不体面、愚蠢——好像挂了丝的长筒袜，断了鞋跟的高跟鞋，紧急情况下缺少的止血棉。女人似乎更习惯支离破碎的现实中持续的混乱——她们比较勇敢。不信的话，你看——在那扇写着"女洗手间"的门背后，她们把包随意地扔在一边，认真地补着妆——这简直是最恰当的隐喻——人们总是善于持久的伪装，宁愿把丑陋的真实藏在美好的假象之下。

爱 上

爱上。Tomber amoureux. To fall in love.① 这是一瞬间的事，还是渐渐发生的？若是渐渐发生的，那什么时候算是"爱上了"呢？我爱用碎布拼成的小猴子。爱木制的松鼠。爱植物画册。爱黄莺。爱黄鼠狼。爱图画上的貂。爱通向亚舒纳②的大路右边的森林。爱某个诗

---

① 此处作者用波兰语、法语和英语分别表达了"爱上"。
② 立陶宛地名。

人的诗。爱那些感动过我的人。人们总会把所爱的对象带入自己色情的想象中，正如司汤达所说，步入"结晶"这个阶段。因此，当我发现某个东西本身的模样与它在童话中的形象不一致时，就会感到毛骨悚然。对，我常常会爱上某样东西，或者某个人。可这并不代表我拥有爱的能力。那是另外一回事。

被找到的私人笔记

美 国

湍急的河流是灰黄的颜色，
人们赶着牛群来到岸边，
想要建立自己的城市，种植树木。
我不止一次在正午坐在这些树下。
我望向另一边低矮的河堤：

那一边，有沼泽、湿地和长满浮萍的池塘，

水面依旧波光粼粼，恰如当年，当这两个陌生名字的主人还在世时那样。

我从没想过自己会身处这般境遇：在河岸边，在这座城市，

不是其他任何地方，就这儿，这样的长椅和大树旁。

一九七六年四月二十六日

一九七六年四月二十六日。夜里。这是怎样的快慰！怎样的幸运！旧日时光已逝，因为愚蠢而遭受的折磨都已过去。

我惊讶于自己挺过去了吗？差不多是这样，但是比惊讶还要多得多。这种感觉类似于一名跑步运动员的自豪，虽然不是第一名，甚至几乎成为了最后一名，但总归坚持跑完了。

我的顿悟所建成的大教堂

我的顿悟所建成的大教堂，秋日的风。
我在感恩中渐渐老去了。

再无足轻重的事物

再无足轻重的事物也会回应我们，只要我们对它表现出足够的敬意（一九七八年二月二十日我梦到了这句话，并在第二天记了下来。）

死亡天使极富魅力

死亡天使极富魅力，

他有着天蓝色的眼睛，
栗色的头发，
跳着舞翩然而至。

他的嘴角挂着快乐，
耳中是令人喜悦的话语，
眼中闪烁着春日的光。

他抚摸我，
亲吻我，
然后，我就回到了最初来的地方。

不再存在，不再受苦，
也不再带来痛苦。
有关我的一切就此结束。

在我死后，
不要留下一丝讯息，
也不要保留任何遗物，
什么都不要。

在我死后，就让世界继续

完美，祥和，受上苍保佑，
正如死亡天使的模样。

为了摆脱黑夜的折磨

为了摆脱黑夜的折磨，我清晨便出发了。

在夜里，我的梦总是把我带回那些苦涩而罪恶的往日时光。

我从山脚出发，置身于山林的清新气味之中，

艰难地穿过荆棘丛，踏过干枯的草地，

但我离山顶总是那么远，还没到达，黑暗又快降临。

我仿佛被黑暗追赶着。就这样日复一日。

一九七六

在我牙医诊所的窗外

美轮美奂的。一幢房子。高的。被白气环绕。伫立在天上。

噢，我所渴望的一切

噢，我所渴望的一切，我曾甘愿为它们卧薪尝胆，付出我的热情，我的英雄主义。而当我想到你们把全身心都扑在这苦难的尘世，又是多么地同情你们啊！

我忆起那条羊肠小道，
只因你曾经路过。

——维尔诺歌谣

（至此《被找到的私人笔记》结束）

反 差

一位作家虚弱的身体与他优秀的作品形成了强烈反差。"这些都是我写的吗?怎么可能?一定是有什么超自然的力量帮助了我吧。"

古典派诗人的抱怨

古典派诗人,是指那些不肯进行先锋的探索,而是翻来覆去地打磨陈词滥调的诗人。他们抱怨道:"我非常清楚,我的诗对这个世界的影响极小。我就像一个被色情的思想所困扰的苦行僧,出于对自己内心混乱的恐惧,选择躲在韵律和句法的避难所里。"

如此命运

这是怎样的人生，怎样的命运啊！显然没有办法用因果逻辑去解释——许多漏洞只有依靠神的帮助才能修补。

倒置的望远镜

放大——缩小。一个人若不相信自己是卓越的，就必将一事无成。而一个人要想获得这种自信，就得反拿着望远镜去看他人的成就。然后就很难甩掉受伤的感觉了。

登山人

我的身体随着年龄增长而老化,在梦中却能攀爬高山,且毫不费力。这不正是白居易在诗中所写的吗?

飞 翔

在梦里,我又能飞了。我衰老的身体里仿佛蕴藏着一切生物所有类型的运动能力:飞翔,游泳,爬行,奔跑。

你不知道

你完全不知道身边的人在想些什么。他们无知到了一定地步，却不易被人察觉。这不是聪明还是愚蠢的问题，而是因为每个人能够积累的知识是有限的，超越这个界线的知识永远无法被掌握。有些人的视野狭窄，在空间上，他们从来不知道临街所发生的事；在时间上，对于你来说是同时代发生的事情，在他们眼中却是无法看清的过去。所以电视、电影和纸媒才能随心所欲地编写今日的谎言，篡改昨日的历史。令人惊讶的不是宣传的力量有多大，而是为人所知的真相是多么少。

迟　钝

思维迟钝，行为怪异，
充满幻觉的年岁，似在梦中。

如果人生的意义能够由我来决定，
那一定会是一段非凡的人生。

从何而来

他问,这美丽是从何而来?二十岁的年轻面庞,浅色的朱唇,随意编起的栗色长发,双眸明亮深邃,在浓密的睫毛和眉毛映衬下,像在诉说着什么。她的美丽让我震撼。她出生时,我已经在讲授有关陀思妥耶夫斯基的课了,她的年轻仿佛在提醒我的衰老。每天都会有新的美丽降生到这个世界,如果我能再活久些,我甘愿一次又一次陷入对美的惊叹和欲望之中。

梦中的城堡

这是一座以城堡为中心的城市,楼房鳞次栉比地排列,大多由红砖砌成,像极了乔凡尼·巴蒂斯塔·皮拉内西①的建筑风格。以城外的河流为界,城市这头代表文明,对岸则是蛮荒的起点。他走得极快,同行的人都很难跟上。突然间,他的感觉由抽象变得具体了:从沿路的饭店飘出的香料味儿,从厨房散发出的勾人馋虫的香气,一块儿火腿,一间供应红酒的小酒馆,醉人的风景,噢,感觉统统回来了,这样就足够了。

有关颜色的小论文

每到金秋十月我们总会说,变棕的橡树叶子好像镶着金边的书皮。难道没有其他说法了吗?为何我们的语言在形容色彩时显得那么贫瘠?当我想要描述颜色本身的美丽时,我能用怎样的词语呢?这些叶子是金黄的,那些叶子是红的,然后就词穷了吗?当然了,还有黄红色,火红色和酒红色(又称波尔多色——可为什么一定要用波尔多红酒作比呢?)那么桦树又是怎样的呢?它的叶子像是小小的浅黄色硬币,其中也掺杂了一些别的

---

① 乔凡尼·巴蒂斯塔·皮拉内西(1720—1778),意大利雕刻家和建筑师。

颜色的——该怎么形容这种颜色呢？紫丁香色？还是紫罗兰色？（由 lilas——紫丁香，和 violette——紫罗兰而来，同样也是拿实物作比）。桦树叶的金黄色和杨树叶的金黄色有什么区别？也许可以说杨树叶是铜的颜色，久而久之就会出现"铜色"这个词吗？但还是在拿铜来作比啊。可能只有绿色和黄色这两个词是在我们民族的语言里天然存在的，天蓝色是取自天空，红色是取自胭脂虫——红色的染料曾经是从胭脂虫身上提取的。是否大自然中与实际用途无关的种种细节都被我们的眼睛屏蔽了？南瓜在十月成熟变黄，我们把它的颜色叫做"橘黄色"。可是生活在北方国家的人有几个见过橘子呢？我本想用平实的词句把康涅狄格河的秋日景色描写出来，却发现不得不用到比喻，所以就有了这篇文章。

丛　林

他一直深藏在丛林里。童年时，他沉浸在自绘的鸟类图册和虚构国家的地图里。长大后，他埋头在文学人物的世界中。他爱阅读《文学新闻》① 和介绍伟大的浪漫主义诗人的书。他乐于钻研艰涩难懂的词语和从外语中借鉴的新颖的表达方法。丛林里总藏着等待他去探索的秘密。可惜在他所经历的时代，所有人都在为生存本身担忧，人们被迫赤裸着四处行走，就像蝼蚁一般轻易遭受践踏。他一旦有机会，便会潜入他的丛林——世世代代像他一样的人的庇护所，那里比现实世界更加真实。

他该如何向外国人解释，自己是怎样度过了战争和恐怖的年月——他好像在场，同时又好像躲在一个历史和自然都无法进入的世界。

战　略

他无处不在，在向苏联劳改营输送奴工的火车上，在被清晨的门铃声惊醒的城市里，在监狱里，眼睁睁看着被判处枪决的犯人被运上卡车。他恨透了帝国，但必

---

① 1924 年至 1939 年间在华沙出版的一本文化周刊。与之合作的诗人主要是斯卡曼德尔派的。

须深藏自己的情感。他是一位诗人,但一想到那件事正在发生,并且离自己不远,就无法写诗。而且他的读者都是多少知道那些事的人,也不愿通过他的诗再一次经历那些痛苦。由于这些原因,同时又出于诗人所背负的为世界作证的义务,他总在寻找一种方法,能在不挑明事实的情况下,把真相埋藏在字里行间。

世界的法则

小孩在读到腓特烈·红胡子①摧毁米兰的时候大哭起来。当他长大后,已经不记得这种事是否真的在历史上发生过,但他在儿时读过的书给他留下了如此深刻的印象,以至于限定了他所作的决定。在他的价值观中,泯灭了良心的赤裸裸的武力是等同于恶的,而一旦他发现地球的法则就是这样,便会厌恶这个世界的规律了。

---

① 红胡子即腓特烈一世(约1122—1190),德意志民族神圣罗马帝国的皇帝。

歌 声

女人把头转向山谷，一边唱着歌，好像想要用歌声填满被庭院的斜坡、河流和小山所包围起来的地方。

如果这是我年轻时梦见的，那么一定满含深意。

那 里

就这样，我回到了那里，又一次置身于我十三岁时所在的那片风景中了。我还是当时的我，因为我的方向感没有变。小河，从大路分出来的小道，森林——向左，向前，向右。一切都变了，只有方向没变。好像过去的时光不止几十年，而是几百年，我也并不太担心松树是否是过去那些，还是又新生长了一批。

她的日记

卓菲娅·纳乌科夫斯卡在她一九四三年四月十四日——德国人结束犹太人隔离区大驱逐的那天——所写的《日记》中这样写道：

为什么我这样地颤抖，为什么我因活着而羞耻，为什么我不能承受？世界是恐怖的吗？在我眼前发生的事情符合动物界的自然规律——没有人性的世界的模样，就该是世界的模样。猫和鸟，鸟和鸟，鸟和虫，人和鱼，狼和羊，微生物和人。所有的一切都是这样。世界是恐怖的吗？世界是平常的。这世上唯一奇怪的东西，是我和与我一样的人所感到的恐惧。

把二十世纪的大屠杀看作是正常的，这一定需要很大的勇气。动物们不会坐在办公室里制定计划，也不会一步步地执行计划。然而强者杀死弱者，这也许是自地球上出现生命以来就存在的规律。纳乌科夫斯卡反驳了那些说"上帝在一九四一年离开了"① 的人（伊曼纽尔·列维纳斯）。她的无神论并不是站在造物者的对立面的。造物者不止应该对人类的苦难负责，祂还必须因创造了这样的自然界系统而遭到指控。

无神论者应当承认，世界该是什么样，它就是什么样。那么，我们的反抗和大声喊出的"不"又从何而来。这就是把我们排除在自然之外的，令我们与众不同的东西，因此我们才是独一无二的物种。正是在这些反对自然规律的有关道德的抗议之中，在对人类的恐惧源头的探寻之中，出现了人类对自己特殊地位的捍卫。

无能为力

如果让我承认世界是"普通的"，我无能为力。对我来说它是不普通的，是可怕而无法忍受的。种种迹象表明，这个世界要么是由恶魔所创造，要么是在一场原

---

① 出自伊曼纽尔·列维纳斯《他人的人本主义》（1972年）。

始的灾难中应运而生。如果是后者,那么被钉死在十字架上的救世主便是死得其所了。

我们想逃脱世界的"普通",让我想到一条腿被粘在粘蝇板上的苍蝇试图挣脱的情形。这种不和谐没有逻辑可言。虽然必须承认,《创世纪》中的逻辑也好不到哪儿去。人类的始祖犯了罪而被驱逐出伊甸园,我们从而成为了堕落的生灵。那伊甸园里的动物呢?是否正如卡巴拉派所认为的,人类的罪使得第一天性转变成了不纯净的第二天性,并且从此便一直渴望回到狮子与羊羔相伴而卧的时候[①]?

与 其

与其把一些问题留给神学家们,我总是选择自己去

[①] 以赛亚的书,第十一章,6-9:"豺狼必与绵羊羔同居,豹子与山头羔同卧;少壮狮子与牛犊并肥畜同群;小孩子要牵引它们。牛必与熊同食,牛犊必与小熊同卧;狮子必吃草与牛一样。吃奶的孩子必玩耍在虺蛇的洞口,断奶的婴儿必按手在毒蛇的穴上。在我圣山的遍处,这一切都不伤人、不害物,因为认识耶和华的知识要充满遍地,好像水充满洋海一般。"(和合本)。

思考宗教。为什么？很简单，因为总有人要去做。写一些有关文学和艺术的东西就是值得推崇的，而每当与宗教有关的语言出现，就会激起无声的抗拒，像是打破了什么不成文的约定似的。

但我生活在一个人类的想象力正发生着巨大改变的时代。在我的时代不再有天堂和地狱，人们怀疑死后即获新生，人类与动物之间的界线消失了——它曾经那么清晰明了，进化论的出现使不可否认的真理不再无人质疑，而由天意推动的历史则被当作是一些盲目的力量之间角逐的战场。从俄利根到圣奥古斯丁，从圣托马斯·阿奎那到约翰·亨利纽曼，神学家们花费两千多年，用观点与教条搭建起来的大厦轰然倒塌，人类在一定的思想体系中去创造精神和物质财富的时代已经过去，现在是灵魂流离失所的时代。我以前怎会没想到呢？至少从表面上看来，我在这个想法中是孤身一人的——这难道不值得思考吗？

理　智

理智啊，理智，你在哪儿？我多么希望人们称我为理智的人啊。可是我的理智太容易走偏，或者说，在我近百年的人生中偶尔出现的疯狂，使得我被自己的不理智所摆布。事实上，我必须承认，我拥有在人群中识别这种高尚美德的天赋，在这种美德中，思维上的长处与性格的优点合为一体。然而我知道，这种天生的美德我并没有。

假如仅仅是愚蠢，使得和我同时代的人们重视伪宗教的承诺，认为公平的曙光必将会出现在成百上千万人的牺牲之后；假如仅仅是愚蠢，使得人们纷纷接受了荧幕上的把戏，从而引发了他们在现实生活中的不幸故事；也仅仅是愚蠢，使得他们孜孜不倦地追求权力，渴望满足自己的雄心壮志，且不因为自己追寻这些虚幻的、经不起时间考验的东西而感到羞愧。不，我宁愿像十七世纪的伦理学家一样，还能从这一切之中看到力量微薄的理智——它只是被欲望和激情打败了。

怜　悯

在我人生的第九个十年里，在我心中不断增长的一种情感，叫做怜悯——我不知该拿它怎么办。我心中怀着数不胜数、多种多样的面孔、形象和每一个存在者的命运，好像我也是他们之中的一员。然而我清醒地知道，我不可能在诗里为我的客人们提供安身之所，因为那已经太迟了。我想，如果能重来一次，我的诗可能会是某个具体的人的生平简介，或是他的肖像画——说得更准确些——应该是描述他的人生意义的一首哀歌。

海伦卡

如今我们已经在另一边了。

征途已开始。土地已出租。焚烧后的废墟上热气腾腾。

这一定是海伦卡在火焰中舞蹈。

也许她明白了世间万物的秘密，

那些奥义我穷尽一生去探寻，却是徒劳无功。

海伦卡，我知道你曾经历巨大的痛苦，却从未向人诉说。

我知道你曾经受饥饿的折磨，却不曾等待别人的帮助。

在病床上，你是那么痛恨终日缠身的病魔，
你的身体用尽全力想要不恨自己，
却只能躲在肮脏的走廊上哭泣。
谁又想这样呢，我的海伦卡，谁能想到我们的青春会变成这样？
那时花园在阳光下闪闪发光，夏日一直持续。
然后，我们慢慢学会怎样像其他人一样去忍受，
怎样感恩那些没有痛苦侵扰的瞬间。

海伦卡的信仰

周日我和所有人一样去教堂参加弥撒。
我凭什么认为自己与众不同？
因为我从不聆听神父读经的内容，
免得我必须假装抛弃了常识。
我努力成为罗马天主教忠诚的女儿。
我诵读《主祷文》，我信仰《万福玛利亚》，
与我内心可怕的怀疑主义相违。

地狱和天堂什么模样,不是由我来决定。
然而这世上有太多的丑恶,
所以在某个地方一定有真和善,
这就意味着上帝一定存在于某处。

幸　村

我曾在电视上看到过一个特殊的墓地,是为未出世的婴儿而建,日本妇女们在墓前点蜡烛,献花。那一刻我也感同身受,仿佛成为了她们其中的一员,弯下腰来,献上一束菊花。

我的孩子,你因爱而来,
这是我所知道的唯一一件与你有关的事。

你本该听我诉说人世的可怕,
那些我本该令你免于遭受的恐惧。

我本该告诉你,我们多厌恶不幸,

而我们无法理解,为什么人类也和动物一样,
要经历那些残忍。

或许你也会像我一样咬紧牙关,忍受命途多舛的折磨,
因为这是必须要做的。

我内心煎熬地想,我的孩子,
也许你会从我这儿继承那可憎的忍受力,
还有欺骗自己的能力。

想到这儿我就会感到安慰,
因为我知道,至少现在你是安全的。

你置身于虚无,就像躺在襁褓之中,
或者被蚕茧层层包裹着。

你会成为怎样的人?我一定会每天猜测着,
在你心中哪一方会占上风:伟大还是失败?
然而哪怕小小的一粒豆子也会令天平倾斜。

哪一方会占上风?

是感恩和人们的肯定,
还是痛苦的灵魂建起的冷冰冰的心墙。

不,你一定会是勇敢和强大的,
正如那些所有因爱而生的人。
我做了决定,我知道这一定会发生,
也不想责怪任何人。

当我吃到好吃的桃子时,
当我看见月亮爬上天幕时,
当我置身山间的雪松林而感到赏心悦目时,
我便是以你的名义在感受这一切。

贡献出来的话题

为什么我要贡献出一些话题？

对这个问题最简单的回答是我老了，这些话题我自己用不完了。但我还是想简单地解释一下。我觉得地球是一个充满趣味的居住地，并很遗憾自己即将离开。然而我又能怎么办呢？难道我要去细数那些令我衰老的身体备受折磨的痛苦和不堪吗？难道我要停止写作，每天在日记里记录自己一步步走向腐烂的过程吗？在这件事情上，没有任何人或物能帮到我。打从年轻时起我就感到内心有一个守护灵，或者说是缪斯。如果没有它，我就是白白在这世上走了一遭。文字是随着作者意识的变化而日新月异的。我今天的意识与十年前或二十年前的意识是不同的，与五十年前的差别就更大了。如果要说得更准确些，我的无知也和往日不同了。一直以来困扰我内心的一个问题是，该怎样承受记忆。我总提起那些令我伤痛的记忆，并认为这是一种与众不同，却发现，当今所有写作的人——无论他们的年龄、性别，也无论他们所遭受的伤害怎样——都总是在回忆。于是我想，人们把自己关在四面墙之内，是极其有害的。至少这能算上了八十岁的一点好处吧，会知道这个世界上的戏虽然糟糕，却是一出彻头彻尾的喜剧，所以没必要过分严肃。一开始我们努力追求更高层次的意识，而在下一阶段，我们迎来了无知。同时，这出戏的重要性也与日俱增，因为这场戏从我们没来到这个世界之前就已经开场了，将来我们不在了，它也会继续上演。好的行为是使人们对这场*世界戏剧*①保持兴趣；反之，恶的行为是使人们认为，生命从开始就注定走向死亡，一切的终点均是虚无。我贡献的话题也许可以为某些人所用，他们厌烦了告解式的文学、过剩的感性和被歪曲的自传。保佑古典主义，让我们希望它永不逝去吧。

流　域

那是欧洲大陆上人迹罕至的一角。我努力想象那片区域一八一一年时的面貌，那时人们在索普利措沃②举

---

① 原文为拉丁语。
② 波兰地名，位于大波兰省。

行盛宴和采集蘑菇。那个地方的情况我只记得很小的一部分，而其他部分，我只能尝试用支离破碎的线索拼凑出来。那时涅曼河流域的森林已经所剩无几，人们用货船把自然的馈赠运到哥尼斯堡去。而再往北一些，在河水汇流至西德维纳河的地方，那儿的树林甚至被砍伐得精光，木材全部通过河水浮运的方式输送到里加，流向腰包日益丰满的德国商人手中。森林的某些区域还会有专门的武装人员守护，因为那些区域的树木归属权划分不甚清楚，各家领地的边界非常模糊（比如"在弯曲的松树和石头处向右转"）。森林的村落里出没着射猎的人、采集食物的人和围猎的人，还有被称作"勇士"的人——即运输木材的火车和货船上的工人。这种买卖利润极高，贵族们的家产随之丰厚起来，他们身边的仆人也愿意挎上马刀和步枪为主人效力。在农耕文化的村庄旁，同时存在着森林文化的部落，却无人记录下他们的生活。

大陆边缘

这是一片绝美而原始的风景，陡峭的悬崖笔直插入太平洋深邃的海水，峡谷，长满红杉树的盆地，还有那切开陡峻海岸的海湾。海狮们正在露营，它们的身体随着海浪摇晃，或有三两只慵懒地躺在礁石上晒太阳。身处于这片荒凉之境，很难不去猜想这里曾经有过些什么，它引诱着我们陷入自己的想象而不可自拔，到处去寻找那些失落的文明所留下的城堡或城市的遗迹。可是，这里不曾有过什么，或许这听起来有些武断，但必须强调的是，除了眼前的一大片空地、海洋、单调的日出和日落之外，这里从来都不曾有过什么。也许曾有印第安人造访过这儿，或曾在这里定居，但这里没有任何东西能证明他们曾经存在过，哪怕是一座原始的房子，或者是一块石头。然而，一个非常有趣的例外引起了诗人罗宾逊·杰弗斯①的深思，使他有感而发写下了这首诗。

手

在塔萨加拉周边的峡谷里，洞穴的天顶上，
有许多手印。
大多已经形状模糊，大致看去，就像手印连成

---

① 罗宾逊·杰弗斯（1887—1962），美国诗人。米沃什曾翻译过他的作品。

的一片云。

　　旁边并没有其他壁画。
　　这些胆小的棕色人种为什么留下这些,
　　是宗教还是法术,是无心的游戏还是艺术?
　　能作出解释的信息无处可寻。
　　然而多年之后,这些精心印上的手印成为了暗语:

　　看吧!我们也曾经是人,
　　也长着手,而不是爪子。
　　你们好,长着比我们灵巧得多的手的人类,
　　比我们晚出现在这个美丽世界上的人们。
　　好好享受属于你们的即将消逝的一季吧,
　　又会有后来人的,
　　那时的你们与现在的我们也不会有什么分别,
都曾是人类。

　　这些手印是什么时候印上的?早上个一千年,或者晚上个一千年,并不会有什么区别。我们只要想一想那一次次登基、战役的日期,一座座教堂、大学的建立时间,或是一部部美术和文学作品问世的时间,就能意识到一千年所能包含的内容有多丰富,然而在这里却是一片空白。可海洋是流动的，免不了有外界的东西到达过这里。比如可能有来自日本的船只遇到海难，幸存者被海浪冲到了岸上。他会是怎样的人呢？是普通的渔民，还是武士、商人，甚至诗人呢？都有可能，因为命运的多样性是难以估量的。他远离了本民族的文明，远离了他的神道教和一直信仰的神灵，感到了一种从未体会过的孤独，这种巨大的孤独甚至能摧毁掉他求生的欲望。但是，如果他活下来了，并且和当地棕色皮肤的原住民相遇了，又会发生些什么呢？他再也没有回到他的日本，没有人能替他传递消息，人类的史书里也没有任何提及他的记录，没有关于他的一丝痕迹。

跳　蚤

　　故事发生在美国人出现之前。传道院逐个衰落，他们的财产被墨西哥政权分给了附近的庄园。各传道院衰落的原因都不相同。驻索诺玛传道院解散的原因与灰熊有关。当地的灰熊无视看护牛群的印第安人，把传道院当作了供应新鲜牛肉的仓库。传道院只好从旧金山的城堡请来了一些扛枪的士兵。这些士兵带来了梅毒,并发展成了时疫,对接受了再洗礼的印第安人产生了致命伤害。

大庄园的黄金时代很短,但却极其繁荣。它们不断扩张,土地面积甚至达到几万公顷。他们不耕地,而是畜养牛和马。只要看看那些奢华的牛车马车、镶银的马鞍、新潮的男装女装和灯红酒绿的社交生活,就不难知道,他们利用优渥的资源赚得多么盆满钵满。邻居间常常串门,也经常举行舞会,人们遵守着友好、尊贵的传统,延续着尊重长者、女士优先的习俗。奇怪的是,在那种绅士风度、吻手礼、马刺碰撞的声响和以扇掩面的风俗背后,并没有大理石或碧玉作为基础。正如亚瑟·奎因[1]在其所著的马林县历史中所说,那些富贵人家并没有特别注重房子的舒适性,屋内只是用硬实的泥土作为地面。泥土和温暖的气候为跳蚤的疯狂繁殖提供了条件。我不禁想象,那些绅士[2]和小姐[3]在随着舞曲旋转时,与上半身美好的仪态形成对比的,是下半身难忍的巨痒,并且他们几乎要因为一种渴望而昏厥过去——那就是立即停下舞步,挠到出血为止。

---

[1]　亚瑟·奎因(1942—1997),伯克利大学修辞学教授。
[2][3]　原文为西班牙语。

这件趣事让我想到各种令人类不胜其烦的寄生虫——无论在哪个年代、哪个事件的历史文献中，都找不到它们的一席之地，在记录过去的电影中也难寻它们的踪影。然而这些跳蚤、虱子和臭虫却从未缺席，自始至终伴随着人类的思想、感觉与决定，好像人们从没找到摆脱它们的方法——除非烧掉整个城市，然而这一般是为了其他目的。加利福尼亚州的印第安人有一套有效的方法，他们隔一段时间就会一把火烧掉自己的村子，然后搬到另一个地方去——这并不太难，因为他们的房子都是用芦苇造的。

随着第一批说英语的冒险者的到来——这些人大多是从捕鲸船上逃下来的，"加利福尼亚土生土长的儿女"引以为傲的礼仪与跳蚤的文明从此走向尾声。金钱第一次宣布了自己的力量。在世纪中叶，新的时代拉开序幕，无可抵挡的资本与带浴室的房子是这个时代的标志。

这个星球

我的地图册上的非洲大陆中央有一片空白，因为这是一幅十九世纪中叶的地图。作为一个生于穷乡僻壤的人，我的思想本该落后和保守，但我的地理观却早早就受到了儒勒·凡尔纳的影响。《格兰特船长的儿女》曾被改编成舞台剧，祖母看过之后再讲给我听，所以我那时虽然没读过这本书，却已经对里面的冒险故事有所了解了。在没有电影院和电视的时代，人们也是有办法的，只是不知道这出剧是否留下了一些可供我们研究的史料？

《格兰特船长的儿女》一书讲述的是孩子们为寻找父亲而环游世界的故事。而在现实中，人类第一次真正的环球航行要数启蒙时代的一大壮举——那就是在大革命之前，由法国科学考察团在一七八五年开始的环球科考航行。两艘由康特·德·拉佩鲁兹率领的科考船装配精细，堪比后来的宇宙飞船。飞船里载有不同领域的专家学者，装有适应不同气候条件的植物种子和秧苗，甚至还带去了准备与异族人交换的物品，包括七百把斧头、一千把刀、一千四百个装满彩珠的盒子和两千六百把梳子——他们也许认为将要遇见的异族人都生着浓密的毛发。"星盘号"和"罗盘号"（难道不该为这样尊崇科学的名称而感动吗？）经过好望角，沿着美洲西海岸行驶，然后来到亚洲沿岸，在与萨摩亚群岛上的异族的冲突中损失了部分船员，后又来到了澳大利亚，最后从澳大利亚重新启航，从此杳无音信。此后的几十年间，即使大革命和拿破仑战争轰轰烈烈地进行着，人们也从未对这个环球科考团的命运失去兴趣。于是"寻找格兰特"的故事应运而生。这个故事能使人们些许地得知发生在科考团身上的事。船撞上了棕榈树，大部分人遇难了，但还有小部分人游到了小岛，得以生还。他们其中的一些人造了一个大木筏，重新起航，而另一些人则留在了岛上。那些离开小岛的人的命运不得而知，但选择留下的人则在岛上度过了他们的余生，到死也没再见到其他白人。我之所以写下这些，是因为意识到，人们对地球的认识在不久以前还是不全面的。我又该如何向探索其他星球的一代人解释这个呢？

对祖尼佩罗神父*灵魂的判决

控告者：他的家族和他所有的乡亲都是这么想的，那又怎样？那时人们热烈地讨论着国王的海外疆土和生

---

* 祖尼佩罗·瑟拉（1713—1784），西班牙传教士，是加利福尼亚州殖民化进程中的重要人物。被称为"加利福尼亚最初的传教士"。

活在那儿的原住民，他们担心那些没被信仰之光所照到的灵魂将永世受罚。参与讨论的人大多只是把这件事当成了谈资，真正放在心上的没几个人，而在这极少数人之中就有祖尼佩罗修士。一个穿着方济会修士长袍的瘦小青年，怀着对宗教的虔诚和一腔热血，下定决心要成为一名传教士。他历经了长途跋涉的艰辛和生死攸关的考验，挨过日复一日的斋戒与祈祷，年复一年的内心挣扎，最终，他干枯的骸骨被永远埋葬在大洋彼岸的此处。每当传道院的钟声响起，那些被他受洗的人都会诚惶诚恐地齐齐跪下，聆听用难懂的外语念出的咒语，就好像有人命令他们这么做似的。

呵，我如何能把这神圣而饱受折磨的灵魂抓在手里？可惜啊，可惜。"对法律的无知是有害的"①——这一原则让犯人无法将自己的无知变成一道护身符。但我不是律师。他真的犯法了吗？没有任何一条法律规定，一个人必须对自己深信的事保持怀疑，因为他也有可能信错了。他在家乡马略卡岛时，对印第安人有着另一番想象。等到他真正接触印第安人时，虽然逼迫自己相信这是一些拥有不灭灵魂的人，却只看到了一群大自然中的动物。正如他所说的，为了救赎他们，必须让他

---

① 原文为拉丁语。

们去自然化,让他们学会背离天性生活。他在不懂当地传统和风俗的情况下,选择成为消灭它们的人。一开始,他用红色的珠子诱使印第安人打开了交流的大门。他把红珠子送给了一些印第安人,这些人回到部落,一下子成为了其他人艳羡的对象,因为比起当地作为货币的贝壳,这些红珠子着实是一笔巨大的财富。被财富吸引的原住民们聚集到他身边,看着这些白人巫师与神进行交流。有些人马上接受了洗礼,因为他们相信神也会带给他们力量和数不清的神奇宝物。然而一旦接受了洗礼,他们就被禁止返回自己的村庄,逃跑的人会被省长派出的士兵重新抓回来。接受了基督教的印第安人必须住在传道院,每天清晨被钟声叫醒,聆听拉丁语弥撒,然后在地里劳作一整天。他们要是不听指挥,或者是做了被祖尼佩罗神父判为罪恶的事——即使这些事在村子里是被视作理所当然的——他们就会受到鞭笞或被戴上木枷。他们中的许多人集体死于一种至今仍无法考证的病,附近的几座独立村子里的人也集体死去了。原住民根据每年鲑鱼洄游、橡果成熟和水鸟迁徙的时间制定了自己的历法,这套历法被基督教日历所取代,印第安人的传统舞会和典礼也被基督教节日所代替。他们逐渐失去了捕猎和捕鱼的技能,越来越依赖传道院提供的粮食。

祖尼佩罗看不见他们的不幸和痛苦吗？他不可能看不见这些人的表情。他们失去了一切，甚至失去了对未来的希望。虽然他们不知道该如何表达自己所受的折磨，但他们时刻都在承受着这些痛苦。他们麻木的双眼一刻不离开土地，日复一日，像机器一样地工作。根据旅行家的记录可以知道，这些人的脸上从未出现过一丝笑容。

祖尼佩罗热爱真理，从不允许自己同情。他也曾因为对菲利佩·德·内维[①]的厌恶而夜不能寐：此人认为政府没有义务动用武装力量帮助教会，每当教会需要军队去追捕那些逃走的印第安人时，他总是迟迟不肯派兵。

神圣的行为，禁欲的苦修！难道我对他的控制不足以证明，好的初衷反而铺就了地狱之路？让我们也来听听辩方发言吧，然而我并不觉得，装作纯洁无辜的辩解能遮得住肮脏的灵魂。

---

① 菲利佩·德·内维（1724—1784），加利福尼亚省（覆盖了今日美国的加州、内华达州、犹他州，亚利桑那州北部的一部分和怀俄明州的西南部，以及墨西哥的下加利福尼亚半岛）省长。

关于祖尼佩罗神父的问题

要在这些人身上找到人性，对他来说实属不易。如果说人性包括区分好与坏的能力，那么这种能力他们肯定是不具备的。所有能让他们填饱肚子的就是好，而阻止填饱肚子的就是坏。你一秒都不能放松监管，因为稍不留神他们就会去偷盗，不论是什么东西。好像偷窃的习惯是他们与生俱来的，没法教会他们区分"我的"和"你的"。他们也不知道何为羞耻，随意地在众目睽睽之下排尿、排便、交媾。只有一样东西能让他们听话，那就是对鞭子的恐惧。祖尼佩罗神父逼迫自己相信，在这些肉体之下有着不灭的灵魂，等待着他去救赎。他们清早就被钟声唤醒，穿上白麻布的衣服，在传道院的庭院中集合，准备参加用他们听不懂的语言所主持的神秘仪式，仪式之后就下田干活。只要不被打，他们就终日游手好闲。祖尼佩罗神父问自己，教会是否能在宽纵无知和罪过的情况下拯救这些灵魂？他其实不想伤害任何人，每当田地里传来惨叫声时，他就会拿出念珠来诵经。

考古学

　　弗拉基米尔·古古耶夫①在儿时就梦想成为一名考古学家，成年后他的梦想得以实现，并在家乡罗斯托夫的郊外发掘了一座古墓，获得了重大发现。这是一座公元前二世纪的萨尔马特公主墓穴：墓主的骨架端坐在黄金宝座上，脖子上挂着绿松石的项链。我们所经过的城市下面——比如说克拉科夫的地下藏着些什么呢？大概那儿曾有过凯尔特人的部落，然而这就像昨天发生的事儿。在久远得多的时代，在印欧人出现之前，古欧洲就已经有了几千年的历史，它最后的遗迹则保留在了爱琴文明的克里特岛。"进步"的观念使我们认为，远古的人们是"原始的"。如果我们稍微有点想象力，也许可以相信另一种顺序——先有古老的神话、传说和宗教，然后才出现野蛮人在荒野上的聚居地。公元前五千年左

---

　　① 弗拉基米尔·古古耶夫（1952—　），俄罗斯考古学家。

右，也就是距今七千多年前，在多瑙河中游、德拉瓦河、维斯瓦河上游和奥德河流域，都曾出现过农业文明的繁荣。根据出土的文物可以做出三点推测：一、当时还是母系社会；二、戴着面具的人形雕像与某种宗教仪式有关；三、他们所信仰的宗教以大女神（大地之母？）和生育女神为尊。看起来，这些人完全没有把生育与男性的精子联系在一起。女人负责生育，就像每年春天大地孕育出新生命一样，女性的这种更新的能力使她受到人们的崇拜，所以丰收之神也是女性。之后（从公元前两千年开始？），一个又一个印欧人的部落出现了，都是父系社会，崇拜的神也是男性。我在加州大学的同事玛利亚·吉姆布塔斯[①]在她的书中谈到了这些。

让我们想一想已经入土的那些人。他们的骸骨已经和尘土化为一体，但他们曾经存在过，并且不仅是作为一个抽象的巨大数字，而且是作为一个个具体的生命存在过。假如我们的星球上真的住着来自天堂和地狱的灵魂，他们行走于虚幻之境，惊讶于他们的祖先和后人的仪式、习俗和相貌，那么我们也一定会因为能与他们相遇而震惊。

---

① 玛利亚·吉姆布塔斯（1921—1994），立陶宛考古学家，加州大学洛杉矶分校教授，研究欧洲远古史。

达尔文太太

查尔斯·达尔文在一八五九年发表《物种起源》之前,遭到了妻子的强烈反对。作为一位虔诚的宗教信徒,她不同意自己的丈夫出版一本有害的书。

"查尔斯,"她说,"上帝告诉我们,祂按照自己的样子造出了人类。祂说的不是蚂蚁、鸟、猴子,也不是狗和猫。祂赋予人类高于地球上一切生物的地位,并把土地交给他们。人类与上帝相貌相似,是与天使平等的生灵,你凭什么用你的法则去剥夺他们的尊严呢?"

她的丈夫回答道,就算他不发表这本书,华莱士也会发表类似的理论。

"查尔斯,"她说,"我们必须意识到你做这件事的动机。如果不是你接二连三的失败,你也不会如此渴求学术上的荣誉。我知道你不喜欢听我说这些,但你要知道,当医生才是你真正想做的事,如果你能继续医治病人,你就会因此获得成就感,而不是在其他方面拼尽全力,以满足你的好胜心。如果当你在剑桥大学神学院学习时，能够成为一名神职人员，那么你的社会地位就会使你免于冒险。"

"你心里清楚，是谁影响你提出这套理论的，是马尔萨斯。他是一个坏人，查尔斯，他残酷到对穷人的命运毫不关心。我不相信你的理论是正确的，因为你的出发点就错了。"

是的，妻子的话引起了达尔文的思考。他坚信进化论是正确的，然而他也说，这种理论对于他自己和人类来说确实可能是有害的。从进化论中总结出的神学一定是服务于魔鬼的。哪个上帝会如此统治世界——任由它成为物种、个体之间的角斗场？如果上帝像罗马皇帝一样，坐在包厢里观看着残忍的角斗，那我一定不会敬仰祂。像艾玛那样永远把上帝视作我们的父亲和朋友的人，实在是幸运啊。

查尔斯·达尔文的妻子

作为一名虔诚的宗教信徒，达尔文的妻子在道德上感到不安，是完全可以理解的。她的丈夫在一八九五年发表的《物种起源》是对宗教的巨大冲击。他提出人类是由"猴子"进化而来，侮辱了人类的尊严。更严重的是，他的理论把人类与其他生物的界限彻底抹灭了。不计其数的生灵——昆虫、爬行动物、哺乳动物，从出生，受苦，到永久地死去——都是在遵守着它们并不知晓的进化论的规律。人类是与众不同的，因为他们天生具有不死的灵魂，可是现在他们自问：我和蝼蚁虫鸟，小猫小狗有什么区别呢？和智力与人类儿童相当的黑猩猩又有什么区别呢？神学家们至今都无法理解，为什么会出现这样一个特别的人，他能不受几千年来神学论著的影响，获得了神学极力想从人们脑中摘除的意识。

和岛屿说再见吧！

极富诗意的岛屿持续散发着引诱的气息，它本身就是发生故事的保证。儒勒·凡尔纳为自己的故事起了一个好标题——《神秘岛》，但又有哪一座小岛是不神秘的呢？即使对于岛国希腊善于海事的居民来说，也没有一座岛屿是平凡无奇的，所以奥德修斯才会颠沛流离，在不同的岛上遭遇千奇百怪的事情。有的岛上居住着独眼巨人，还有的岛是神的居住地，风神埃俄罗斯在埃俄利亚的一个漂浮的小岛上生活，艾尤岛上的喀耳刻女神能把人变成猪，赫利俄斯在特里那客亚岛上放牧。奥德修斯曾漂泊到一座名叫奥杰吉厄的岛上，那是女神卡吕普索的居所。这位女神爱上了奥德修斯，把他留在自己的岛上长达七年，并赋予他永生。可惜奥德修斯心念故乡伊萨卡岛，为了回到妻子珀涅罗珀身边，他宁愿放弃长生不老的女神。这位漂泊者来到克基拉岛以后，迎来了自己命运的转折点，传说中这座岛屿由菲埃克斯人的国王统治，也叫科孚岛。我，一个从北方而来，造访南方国度的人，在科孚岛上找到了失去木筏的奥德修斯用尽最后一丝力气所到达的港口。但我没有找到瑙西卡公主洗衣服的那条河。

在欧洲文化里有一个关于至福群屿的神话，那些岛屿之所以如此吸引，有可能是因为，水把它们与现实世界里所发生的故事隔开了。华托的画《发舟塞瑟岛》描述了贵族们在大革命前夕举家远航，驶向爱情岛的故事。无独有偶，岛屿总被人们视作可以实现理想社会的世外桃源，例如托马斯·莫尔笔下的乌托邦，克拉西茨基笔下的尼普岛①。在莎士比亚的《暴风雨》中，我们发现普洛斯彼罗只有在岛上才能施展魔法，也只有在岛上，他的魔法宝典才能赋予他控制爱丽儿与卡利班的能力。自《鲁滨逊漂流记》开始，无人岛便成为了那些在人类社会中饱受伤害者的理想之地，不断引发着他们强烈的情感共鸣。海盗们则把海岛当成自己的藏宝地。史蒂文森的《金银岛》中的场景就设计在维尔京群岛中的一座面积不大的小岛上，紧挨着比它稍大些的托尔托拉岛。近几个世纪以来，流传着岛上原始居民们无忧无虑的生活：椰树，阳光，碧海，这样美妙的日子令人再无其他奢求。有关原住民生活的想象，还得归功于美国小说家赫尔曼·梅尔维尔，他年轻时曾是一名捕鲸船上的船员，在绝望之际来到了马克萨斯群岛的一座小岛上，然后留了下来，快乐地与食人族同吃共寝了几个月。

如今，岛屿成为了无数人在旅游手册上看到的向往

---

① 这里指波兰作家伊格纳齐·克拉西茨基（1735—1801）的小说《尼古拉·陀希维亚德琴斯基历险记》（1776）中虚构的岛屿。主人公来到尼普岛，发现岛上居民过着一种简单的理想生活。这是个乌托邦式的理想国度，宣扬人人平等，土地均分，重视道德而不是科学教育，主张人与自然和平共处。没有赋税，也没有宗教组织。这种理想社会的理念是来自卢梭的自然主义思想。这部小说也是第一部波兰现代小说。

之地。去小岛上的国际酒店度假,也成为了前所未有的热潮。然而,当人们意识到这些小块的陆地很快将变成什么样,也许这种热潮就会冷却下来。我曾在人流高峰时段走在一座小岛上,它是法属西印度群岛中的一座。当时,我感觉那个地方比巴黎也好不了多少。

护身符

人们会把自己生活中所认识的东西,照搬到他人的生活里。一开始,我们从未想过,可能属于我们的东西就只能是我们的。我曾对一些小东西产生过依恋:彩色铅笔、墨条、书本上的图画、来自婆罗洲的邮票。我之所以感到自己与他人不同,可能是因为,其他人在遇到我所喜爱的东西时并没有被吸引。现在我知道了,这种感觉叫作爱,厄洛斯并非只有把人与人连到一起的能力。我也懂了,原来厄洛斯才是世界万物的主宰。人类是最能证明这一点的生灵,无论是老妇人、乞丐,还是医院里的病人,每个人都有自己的小小珍宝,自己的护身符——那些东西对于他们来说就像诗一样,换句话说，不是只有写诗的人才能被称为诗人。我一九一七年在塔尔图曾结识过一个俄国男孩，他拥有一些小玻璃片，那时他用玻璃片向六岁的我展示了什么是光的焦点。每当他和他的护身符出现在我的回忆里，我就会忍不住猜想，在我俩分别后，他有着怎样的命运。

罪　人

她曾是一位很有影响力的国王的情妇[①]，因此她的名字被写入了百科全书。这位国王头戴一顶大假发，穿着丝质长筒袜，整个人看起来就像一个支在两条短腿上的大圆球。她在十六岁时被国王夺去了贞操，从此成为了一位有名的情妇。她每日乞求上帝宽恕自己的罪过，并为国王生下了四个孩子。后来，远离国王生活的她必须与宫廷里另一个女人分享国王的关注，这令她痛苦不堪，于是开始争取离开的许可。终于，她在三十岁那年逃到了加尔默罗会修道院，开始日复一日地祈祷和抄写

[①] 这里指露易丝·德·拉瓦莉埃（1644—1710），她曾是法国国王路易十四的情妇。

经文。一位和我同时代的女士读过这个传记,她住在亚利桑那州的凤凰城,在离婚之后经历了一段危机期。也许有人可以写写她的想法。

侏儒瓦伦丁

  侏儒瓦伦丁整日坐在沙发上,看着窗外人来人往的街道发呆。时不时地,摸摸戴在得了关节炎的手指上的戒指。这戒指是国王赠给他的,是他曾在宫廷赫赫有名的唯一证据。他的名声,来自于他的哗众取宠,他张口就来的打油诗,以及那足以应付任何问题的机敏。如今,他早就忘了那些精巧的嘴上功夫,甚至无法理解当时的自己是怎么做到的。

  他看着路上的男人和女人们,看着他们的衣着,他们之间有意识或无意识的互动,看着,然后想象着把他们介绍给对方,把他们引去床与镜子之间的房屋,想象他们的裸体、耳鬓厮磨、争吵、尖叫。他很嫉妒他们,因为他们过着正常的生活,而他,从来就不知道什么是爱的幸福,什么是家庭的日常,什么是父亲的骄傲,什么又是被孩子的手臂环抱脖子的温暖。所有这些，好像都在拒绝他似的。他嫉妒他们，但和从前不同的是，这种嫉妒里不再夹杂着愤怒。他渐渐对他们产生了一种欣赏之情，因为他们的快乐太有感染力了，令即便是完全体会不到这种快乐的他也深受感触。只要有少数像他这样的人，能遵从刻入骨髓的传统和上帝的旨意，被排除在五光十色的迷人盛会之外，那么这个世界便不难统治了。

他甚至无法接受自己的存在，他恶毒的语言也恰好利用了这一点，总会令大臣们吓得发抖。"事实上，"有一天他对自己说，"也没有什么公平或不公平。当上帝用陶泥捏出我的身体时，就已经不小心让我成为了残次品，我只是表面上活着，可我没法怪任何人。趁我的悼词还没破坏这世界的秩序之前，让我的结局快些到来吧。"

郊　游

我深信这座城市能像格但斯克一样，成为许多故事的舞台。所以这篇文章也可能会派上用场吧。

很久以前，在二十世纪二十年代，每到六月，当陡峭的小路和环绕的群山变得郁郁葱葱，当浓密的树叶反射出耀眼的绿色光芒，学校按照惯例会组织一次远足。这一次的目的地与以往不同，它既不是湖心小岛上的中世纪城堡遗址①，也不是一百年前一位知名教授家的庭院②——把目的地选在这儿，充分说明了我们的老师多么偏爱浪漫主义文学里的人物。而且，说实话，尽可能多地让孩子们了解当地传说，已经成为学校教育的一种责任了。因为代表我们城市的传奇人物是一位伟大的诗人，所以了解他的生平就自然成了必要的事，其中也包括他不得不提的爱情故事。这段爱情故事是一个悲剧，因为与他相爱的女人是一位伯爵的妻子。我们造访的地方正是他们爱情的纪念地，这地方让现在的我感到惊讶，但当时的我却浑然不觉。

我们搭上了硬座火车，一排排的座位是绿色的，由于我们人数众多，这几节车厢一下子就充满了欢声笑语。在两个小时的旅途中，我们暂时忘记了平日的学习，无拘无束地享受着这次难得的出游机会。火车几乎

---

① 这里指位于加尔瓦湖心岛上特拉凯城堡，在立陶宛境内。
② 指希尼亚德茨卡家族的宫廷，由维尔诺大学校长杨·希尼亚德茨卡（1756—1830）所建，位于立陶宛的亚舒纳。

一直都在树林间穿行，到达目的地以后，我们排成一条长队，足足有几公里那么长，仿佛一条蛇行进在松树林里。我们要参观的地方是诗人的情人和她的丈夫——一位富有的地主所居住的白色宫廷，还有几百米外的树林里（如果我记得没错，是桦树和松树林）纪念诗人和情人最后一次见面的石碑。

老师向我们讲述了这个浪漫的传说。可是似乎从没有人考虑过，年轻的妇人趁丈夫熟睡的时候，偷偷溜到午夜的树林和情人约会，这件事是否真的实行得了。事实上，这段三角关系的真实面貌到现在也不得而知。不知是否因为浪漫主义的添油加醋，使得这种微妙并从未实现的爱情变得容易接受了。可能立下纪念石碑的人也是这么想的吧。难道，在意学生道德观的霍米茨基神父没有反对我们去纪念婚外恋的地方朝圣吗？那只能说明，崇拜名人的力量有多大。然而还可能是因为，神父在面对文学——这一天生就不纯洁的艺术时，也只能放弃了。

森　林

　　生态学家曾在二十年代时绘制过我的祖国的地图，记得那时森林遍地，我也曾津津有味地读过梅恩·里德写的在亚马逊河旁的原始森林里发生的故事。我对森林的兴趣大概还可以归功于我父亲订阅的《波兰钓友》杂志，以及有关在鲁德尼卡森林建立松鸡和驼鹿保护区的大讨论。事实上，猎人们一直充当着保护大自然的先锋，而打猎也曾是王公贵族的特权，因此欧洲的许多大森林才得以保存下来，随后成为了国家公园——枫丹白露森林、奥斯塔山谷、比亚沃韦扎原始森林公园（什么时候整个比亚沃韦扎终于全被视作国家公园了？）。诺曼英格兰王朝的第一位君主——征服者威廉曾推行严苛的法律来保护王国的马鹿，此后的几百年间，在欧洲不同的国家中，公子王孙与平民百姓之间争夺森林进入权的斗争便此起彼伏地发生着。法国大革命时骇人听闻的事很多，不仅包括在教堂的罗曼式大门前用斧子砍下圣人们的头，还包括毫不留情地杀害森林里的一切飞禽走兽。

有关欧洲的森林还有另一个关键词，那就是保护树木和木材需求之间的冲突。大英帝国是岛国，因此有大量的船只需求，为了建造这些船只，需要用高品质的木料来搭建龙骨，其中最高级的是橡木。英国十六世纪和十七世纪的文献中记录了橡树林的供不应求。英国木材市场的波动——其中主要是橡木和赤松的价格波动——与涅曼河和道加瓦河的木材水运不无关系。在法国大革命期间，极高的木材价格促进了伐木业，在里加做生意的德国人也因此赚得盆满钵满。

"森林"这个词的意义在当今有所变化。很久以前，波兰的森林属于混交林，在数量上占优势的是橡树、鹅耳枥和椴树——这些形态异于细瘦的松树的树种，因人类的过度砍伐而被针叶树种所取代。根据我的理解，科哈诺夫斯基在《萨梯里或曰野人》（1564年）[1]中提出的控诉就是指向波兰阔叶林消失的时期。阔叶林较弱的再生能力以及针叶林较快的生长周期导致混交林

---

[1] 杨·科哈诺夫斯基（1520—1584），波兰文艺复兴时期诗人。《萨梯里或曰野人》这部长诗中，源于希腊神话的萨梯里是波兰森林的守护神，也是诗人的代言人。他从森林里驱赶伐木者，埋怨波兰贵族忘记了骑士的美德在于保卫祖国，却忙于做生意，做发财梦，过量开垦土地，从事大规模出口买卖。

大量消失。自百年之前便开展林业经济的国家，总是把得到收益最快的树种作为主要的培育对象。在日本也是如此。京都被布满杉树的山丘环绕，证明了在当地建房子最需要用木材作为柱，而非板。

一提起森林，人们总是不由自主产生许多想象，这为各国诗人提供了神话写作的素材。英国的莎士比亚写过一个故事，是关于一群快乐的叛乱分子的，讲述了一位被流放的大公来到阿登森林，成为了一群罗宾汉的首领。在波兰的某些文学作品中，森林和起义被联系在一起。对于密茨凯维奇来说，"蛮荒之地"意味着什么呢？令人奇怪的是，虽然研究《塔杜施先生》的人很多，却没有人考虑过有关荒野之心的传说起源于何处，它真正的意义又是什么。古典派不会在意一片沼泽，或是一棵被大风连根拔起的大树，这种场景太过浪漫主义，可能出现在伟大的作家菲尼莫尔·库珀[①]的小说里，或者赋有浪漫情怀的画家笔下的美洲野生风景画中。如果今后还有类似的东西出现，还能期待有人对这个传说的意义有深刻的体会，并写出一部宏伟巨作，那就太好了。

---

① 菲尼莫尔·库珀（1789—1851），美国作家。

哈德乌什先生

被维尔诺的同窗们称作"哈德"的哈德乌什先生，正如他的表妹赛琳梅娜所说的——并不那么纯洁。表妹遵从千百年来表兄妹之间的传统，和自己的表哥发生关系之后，参加了他与富人家的独生女的婚礼。他坐拥万贯家财，很快又得了一窝孩子，是县里尊贵的公民，贵族的先生。虽说哈德乌什有这样或那样的良心不安，却也不至于成为某个残酷悲伤的歌谣中的主人公——比如因为他的缘故，一位名叫克雷霞的穷苦村姑淹死了，死后变成了一条鱼。但是，发生在他身上的另一件事也许可以在某种程度上证明等级制度的不近人情，说不定有人有兴趣把他的故事写成小说。

哈德乌什先生年轻时，曾经吹着口哨扛着枪穿过榛子树林，他在那儿遇见了卡鲁霞，他知道她是森林里一座农庄的女仆，村里人常说这姑娘的坏话。接下来发生的事情无法描述，因为这件事和心理学没有丝毫的关系。他们没有说一句话。她拥抱了他，然后两人一同倒在了路旁的草地上。当这件事发生时，哈德乌什先生的脑子里一片空白，当这件事结束后，他们俩仍然相拥着躺在一起时，同样一片空白。当他离开榛子树林，走向白色的宫廷围墙时，脑子里什么想法也没有。或者说他有想法，只是这种想法是完全不同的一种，根本无法用言语形容。这种想法来得很慢，多年之后才出现，并生出了令人惊讶的问题。

哈德乌什先生说，自己一生中从未遇到过相同的事儿，好像两人百分之一百地投入，沉浸于身体极致的快乐，完全抛开了意识，即使意识并不是那么容易放下的。他感到自己仿佛回到了伊甸园，那时候还没有拿着火焰剑的天使。那么他为什么不再和她联系，从此再也不与她见面？难道说，等级的迷信在他心里如此强烈，使他不允许对自己有一丝的背叛？他可以选择和这个女孩在一起，可是不要，他不想这样，有某种东西在阻止他。这就是哈德乌什先生的优柔寡断，一段与这个地方的寻常之事格格不入的插曲，加上当地森林与湖水的美丽风光，也许可以算得上是一个话题。

一　生

　　她并没有理会她父亲和叔叔的建议，还保留着对启蒙哲学的信仰，常看言情小说，笃信奥西恩的诗篇，崇拜拜伦。她曾经也爱在舞会跳舞，但她最喜欢的还是独自在丛林中骑马，还有待在隐秘僻静之处，用比母语波兰语还熟练的法语，写下辞藻华丽的故事。当然了，她也要恋爱，她的心上人是个英俊的俄国军官，省长的儿子弗拉基米尔。他参加了变革运动，但在针对十二月党人的审判中，他的名字没有出现在嫌犯名单上。

　　家人的反复催婚并没有收到成效。她只要弗拉基米尔，坚定不移，而最后弗拉基米尔也没能抵抗住她真诚的示爱。俄土战争爆发时，弗拉基米尔所在的军团被调遣至巴尔干半岛，此时她为爱人的命运感到深深的忧虑。而弗拉基米尔在舒姆拉战役阵亡的噩耗，对她而言像死刑判决一般令人绝望。她的心悲伤永驻，唯一活下去的动力，是去她爱人的葬身之处建起一座陵墓。弗拉基米尔的祖国现在便是她的祖国，她也懒得再听人说波俄之间是世仇这些话。她搬去了敖德萨,一个离她所爱之人的丧生地巴尔干半岛更近的地方。

在她四十岁时,为了规划中的陵墓建设事宜,她去了一趟伊斯坦布尔,在那儿遇见了一位波兰间谍——小说家米哈乌·查伊科夫斯基,他服务于侨居法国的波兰人,在巴尔干半岛从事针对俄国的情报工作。出人意料的是,之后他们俩同居了,虽然米哈乌在巴黎有一位法国妻子和三个孩子。她在这个男人身上投入了全部热情,他的祖国现在便是她的祖国,他的工作,便是她的工作。建设陵墓的钱花在了米哈乌提议的一些有几分荒唐的事情上。

为了获得土耳其苏丹的保护,并让他的各种政治性很强的行为名正言顺,米哈乌从罗马天主教转信伊斯兰教并接受了穆罕默德·萨迪克这个名字。现在她成为了他的正式妻子,代价是自降身份成为一名土耳其妇女、戴面纱并和心爱的骑马运动彻底断绝关系。

她的丈夫,萨迪克帕夏[①]——克里米亚战争中的一名政客和军人、哥萨克骑兵团团长,在国际外交的复杂迷局中寻得一位红颜知己、助手、顾问,波兰人固执地称她为希尼亚德茨卡小姐。她利用她的文字天赋为他写

[①] 伊斯兰教国家高级官吏。

了无数报告、备忘和政治信件，多年如一日地辛勤工作。

狂野、任性、固执、漠视惯例和礼仪，她在年轻时就常常收到这样的评价，现在看来那些评价是正确的。她的档案里什么都没留下，我们永远不会知道她是如何征服弗拉基米尔的心的了。她在敖德萨的日子又是怎样的？她和萨迪克的罗曼史又是如何萌芽的？再加上她那轮廓清晰的五官、黑色的眼睛、雪白的皮肤、修长的身材，所有围绕她的八卦传闻可以写下好几本书。但如果她在年轻时没有屈尊和年轻的尤利乌什·斯沃瓦茨基这一位后日的浪漫主义大诗人跳那一次舞的话，也许时至今日也没人会知道她的存在。当时她没有看出这位年轻男孩的心意，而当男孩表白时，她以严厉的说教作为回应。多年以后，当她得知尤利乌什在诗中说她是自己的唯一所爱时，她耸了耸肩膀。

大学生们的游戏

爷爷来自东部。毫无疑问，他的思想一直停留在一个几乎无法描述的地方，那个地方的名字叫：过去。他的话不多，而且每当他开始说起来，别人也只是当作耳边风罢了。唯一能引起年轻人些许兴趣的是下面这个故事：

当时在那个旧式大学上学的学生，几乎都来自我们国家的那几个偏远的县和教区。并且，那时我们的国家对于外来者来说，也还是极富异国情调的。这些大学生们生长的地方极其偏僻，不仅远离大城市，甚至远离了铁路系统。他们居住在村庄里旧式的贵族庭院中，面朝河湖，背靠青山，与赤杨为伴，与森林毗邻。我就是其中的一员。我打小就熟知沼泽是什么气味，树脂又是什么气味，知道亚麻和木糠在秋天会变得潮湿，也常常见到狗儿们在灌木丛里乱窜之后被打湿的皮毛。我们都知道乔尔泰鱼什么时候产卵，知道怎样制作带有火把的鱼叉，怎样在新雪上看懂狐狸的脚印，知道在哪棵树上最有可能发现松鸦巢。

我们都拥有某些知识，而这些知识往往和大学课堂上教的东西毫无关系。学习拉丁语时我们总是很刻苦地死记硬背，还把拉丁语词汇编进那些愚蠢的玩笑里，或者在嘲笑小毛孩儿的句子里夹杂进一两句。而我们之中学法律的人需要勤奋地背诵罗马法和教会法的法条，必须背得滚瓜烂熟，以至于即使刚从酣睡中惊醒，也能立马流利地复述出"*用益物权*"①的繁复晦涩之处，以及"*胎儿*"②所有的特权。

被我们用来编段子的除了拉丁语，更多的是白俄罗斯当地话，这种语言是我们特别熟悉的。我们经常用白俄罗斯话谈论那些趣闻轶事，故事的主角通常是些会说人话的动物，熊、狐狸之类，然而最常说的还是野兔和河狸。这事儿又使我想到，欧洲的这片地区遭受了太多变故，因此人们认为我们在人文科学领域的投入注定是极小的，但逻辑学家们（这里提到的正是这个学科）却永远不会知道，他们在一个不起眼的小城中还有这样一群充满热情的追随者。如果还要提起这段故事，我想我能毫不夸张地说，我是这片地区唯一还记得这件事的人，并且我也不羞于谈一谈那些青春激昂时的陈旧琐事。

在学校，我们学习逻辑学，并集体诵读三段论式：比如 barbara，celarent③。老师教我们辨认逻辑

---

①② 原文为拉丁语。
③ 指两种三段论式。

错误,这能帮助我们在哲学或政治辩论中战胜对手——一旦对手在论述中出现了逻辑错误,比如循环论证①,他就输了。有一天,一个同学在辩论中犯了循环论证的错误,从而发现了这种错误与白俄罗斯民间有关白鹳吃毒蛇的故事非常相似。白鹳吞下毒蛇,可是它却从后面钻出来了。白鹳又吞了毒蛇一次,结果毒蛇又钻出来了。白鹳气得不行,终于闭上了嘴。"这就是循环了啊!"他说。我们改进的名字叫做:"白鹳循环"②,它结合了拉丁语、波兰语和白俄罗斯土话,显然比"循环论证"要生动多了。只要学生们不至于连白鹳和毒蛇的样子都不记得了,他们就会永远记得这个词的。

出了出拉*

那个国家公开发表的文字对外国人来说有些不可理

---

① 原文为拉丁语。
② 原文为生造词 circumdupio in bociano。
* 原文为生造词 Czurczura,是一句咒语似的话,没有实际含义。

喻，他们每天承受着来自语言里繁杂的固定搭配的压力，居然还能保持着微笑正常生活。但我成功找到了针对那个语言体系的一个解决方案。我记得小时候在大院里玩耍，小伙伴们都知道一句约定的咒语，它能让你瞬间脱离游戏，变为局外人，被追上或者被打到都是无效的。这个词就是出了出拉。

演讲、论文和新闻报道的语言单调到让人无法忍受，因为他们必须使用由陈词滥调组成的一种生硬语言。在这种环境之下，却有一种明亮鲜艳的语言独树一帜，就像在没有审查制度的自由国家里能读到和听到的语言一样。它们的作者有什么秘诀吗？是的，他们找到了那个能够离开游戏的咒语，游戏规则因此失效了。当然，这个咒语被小心地保存起来不让外人知晓，只有圈内人才知道它的作用。然而，当这种秘诀被应用在日常谈话上，就一点也不神秘了，因为许多能够正常生活和思考的人都熟知这句咒语。

后天性状的传递

我不太喜欢写神职人员的心理问题，因为他们更像一个独立的物种：宗教仪式的仆从。我现在要说的神父也一样，让我们叫他斯坦尼斯瓦夫吧。他认为他没有考虑自己的权力，因为他身负着许多旁人所期待的义务。然而他很清楚，自己同时生活在两个领域，其中一个被沉默环绕，而另一个领域里只有受教义所认可的观念和语言。

他内心背负的东西，简单地说就是恐惧。他曾经甚至认为这是遗传自他的父母，作为战后出生的一代，战争的恐怖似乎已融入他的血液，这说明我们不仅继承了上一代的基因，也许还继承了父辈身体因喜悦或绝望而战栗时的体验。这个国家有着残酷的历史，所有人都有过一种戏剧般的经历。战争时遭受暴行的记忆，在战后平静生活的表皮之下熏烤着每一个普通人的心。斯坦尼斯瓦夫认为，对世界的恐惧是他决定当神父的真正原因。他想过很多关于他上一代的事情，得出的结论是，那一代人的内心是残疾的、病态的，更糟的是，他们还不自知。如果一个人被奴役、羞辱、欺凌，内心满是仇恨却无能为力，那这种无力之感将伴他一生。就好像黑奴和黑奴制度重现于欧洲大陆，只是黑人变成了白人。这些奴隶被迫眼睁睁地看着与自己同是白人的邻居被杀害，却无力干预，否则自身不保。斯坦尼斯瓦夫不知道也不想知道，当他的父辈们由于自保的欲望超过了同情和正义，而将视线从犹太人被屠杀的景象中移开时的感受，而现在每个礼拜日，他们都会去教堂试图平复这个内心的矛盾，想求得上帝的宽恕。

斯坦尼斯瓦夫神父把自己当成人民的儿子，这些人民曾饱受一个以乌托邦之名行警察国家之实的社会的羞辱和压榨。在神学院学习的时候，他对天主教会头几百年的历史产生了好奇，那时教徒主要由奴隶构成。他们只要表现出一丝一毫的反叛，便被沿街钉死在十字架上，他们所受的这些苦难，除了证明宗教帝国无上的力量之外，别无其他。

人们的反抗和乞求无法避免苦难，这样的画面让恐惧充斥着斯坦尼斯瓦夫神父的心。天堂只以沉默回应他，农奴被鞭打的呻吟、奴隶被钉死时的哀嚎，和二十世纪死亡集中营里囚犯的祷告在他心中回响。如果上帝创造了这样一个世界，并把它交给无情的物理定律，那上帝则是个凶恶的怪物，根本不值得信仰。

斯坦尼斯瓦夫对上帝的信任仅仅来自于上帝把苦难带给了自己唯一的儿子，也就是说，带给了祂自己，并且在临死的痛苦中用人类的嘴唇低声说出令人绝望的话语。基督教信仰中唯一可能成立的逻辑就是他们完全不讲逻辑。斯坦尼斯瓦夫没有向任何人透露过他心中的一个不符合他神父身份的困扰——他不认可十字架的功用。信仰坚定的人会携带这一象征苦难的物件，作为拯救的标志，只是它上面没有那一具因无法忍受的痛苦而扭曲的身体，看来要成为一个基督徒，只要摒弃移情现象就行了。通过把耶稣受难的景象抽象化，他们同样可以把绞刑架和毒气室里的尸体在心中抹消，这么一来，他们就无须了解，这个神被钉死在十字架上的宗教应该是一个代表无尽苦难的宗教了。

刺恨的碎片

每一年，他都会想起自己所逃离的厄运，这想法足以令他深感庆幸。因为，他在非法越境之时完全有可能遭遇到与他同学相同的事——那个与他同在齐格蒙特·奥古斯特国王第一男子中学上学的人，被关在古拉格长达十六载。事实上，在他漫长的人生里，有一个不变的主题就是思索和想象他的那些维尔诺的同窗在劳改营和沃尔库塔煤矿的命运，即使他的传记作者并没有意识到这一点。他认为自己也是那些北极夜里的囚徒的一分子，因此，他对于每一个日出和每一片面包都心存感激甚至狂喜。并且正因为如此，他心中藏着一块愤恨的刺，愤恨于那所谓的西方世界。他不仅无法原谅那些守护专制暴政的聪明人，也无法原谅那些国家的其他所有公民，他们无知，冷漠，并因此聚集在一起。

　　他问自己，该拿这根刺怎么办。最坦率的做法大概是毅然公开真相，遗憾的是，谎言帝国过于强大，单纯地事实堆砌并没有什么用，因为那些被揭露的真相会被打上痴人说梦的标签。他必须找到一种更聪明的策略。有些和他一样心中有刺的人会去为帝国服务，以那样的方式向罪恶的西方世界政客复仇。他犹豫再三，选择了另一条路。他本人的形象更像一个崇尚知识的人，多年来他装作一个有教养的、进取的、包容忍让的人，直到他成为了此中的佼佼者，即使他厌烦于他的这些成就。而当他的著作名扬四海，许多评论分析接踵而至的时候，没有哪个文学评论家猜得到，他作品中的哲思来源于他日夜向神明呼唤复仇的痛苦。因为他的作品，沃尔库塔的囚徒遭受的苦难成为了区分善恶的一个不可动摇的标准，如果谁接受并使用了这个标准，那他对那些邪恶国家的威胁更甚于千军万马。

庭　审

在 S 小镇有这样一种庭审，参加旁听的人除了被告家属，还有当地的知识女性们。她们来到这儿，主要是为见一见在法律圈子里颇有名气的年轻帅气的检察官。被告栏里是五名未成年小伙子，都是犹太中学学生。他们以革命文学中的人物为榜样，因献身于自己热爱的事业而自豪。检察官面对旁听的女士们，慷慨激昂地将被告的罪证一一数来——在他们家里搜到的书和文件证明他们参加了共产党。

伊扎克是被告中最年轻的一个，他的母亲把自己做的帽子卖给镇上的漂亮小姐们，勉强能慰藉一下她们在穷乡僻壤追赶时髦的心。赚得的收入刚刚够母子二人糊口，因此她也没法给伊扎克请个律师。伊扎克从不愿泯灭了诚实之心，他不敢说自己是无产阶级出身，他在表格的出身那一项填的是："小市民"。

什么样的长诗可能描写这种稀松平常的事？这个腐败堕落的 S 小镇，这个检察官——当他日后想起自己曾经做的事，必定会终身背负着羞耻度日，还有这些女人——博士、商人、军人的妻子们，她们空白的人生履历上唯一的记录，大概只有与男人们的调情罢了。而伊扎克，在即将被剥夺生命的一刻，对伟大的理想感到了失望。

某个诗人

这个诗人在一个安静的省城生活了一辈子，没有经历过战争和动乱。我们可以通过他的诗作将他的人际圈再现出来。这里头有他父亲母亲，神秘莫测的阿黛尔阿姨和她的丈夫维克托，一个名叫海伦娜的年轻人，还有他最好的朋友，一家当地印刷所的老板，同时还是个哲人，科尼利厄斯。而这几个角色却催生了一系列让人感觉坠入深渊又飞向极乐的诗作，一段关于邪念、罪孽和恐惧的箴言。

这使我们得出一个结论，那就是作品的重要性并不能以它的灵感来源的重要性来衡量。毫无疑问，我们猜得到的那些事实对于人类历史没有任何重要性可言。不论阿黛尔是不是诗人父亲的情妇,她的丈夫怎么容忍这件事的,诗人是嫉妒父亲还是同情母亲,他和海伦娜是什么关系,他们俩又是否和科尼利厄斯形成三角关系——这些在人类生活中都太普遍了,无法将这部伟大的作品归因于它们。可是这些最普通的剧情为何变得像世界末日般耀眼?又是什么样的力量将无聊的日常生活转化成那些奇异而有力的诗句?

有些诗人有着厚厚的传记,经历丰富,他们脑中的素材画面很多,比如燃烧的城市,疯狂而扭曲的人性,行进中的凶残的军队。而这个作品则告诉那些因此心生嫉妒的人,诗人并不一定要有那么丰富的经历。

童　话

这座哥特式的教堂建于十九世纪,如今,在摩天大楼的包围下却显得那么小巧。儿童唱诗班演唱了《怜悯颂》和赞美上帝的第十九首圣咏。然后,诗人们一个接一个地朗诵他们挚友的诗,并合唱了第二十六首圣咏。最后,他们祈求万军之主照顾那些不愿与骗子和伪君子为伍的人。人们做了祷告,开始演奏海顿、珀赛尔和莫扎特的曲子。

在前来参加葬礼的一千人之中,仅有少数人知道这个仪式为什么要这样举行。在这位诗人①的国家里,肮脏和下流之事司空见惯,这比凶残的暴政更令他难受。他脸皮薄,心思敏感,很多在常人看来非常自然的事都能让他咬牙切齿,甚至大发雷霆。他曾试着不去听那些被扬声器放大的苍白的言辞,以及常和它们连在一起的某些浪漫主义作曲家谱的曲子,或者波西米亚爱情故事。然而却徒劳无功。每当听到这些声音时,他总是会联想到什么晦暗不明的脏污东西,还有一大锅水煮白菜。终于有一天,他躲进了书和音乐的避风港,与一些志同道合的好友一起阅读英国玄学派诗人的作品,一起费很大力气偷偷找来巴洛克音乐的唱片。

政府不喜欢这位诗人,他所表现出的毫不掩饰的反感,被他们随心所欲地贴上了政治标签。于是国家驱逐了他。然而他欣然接受了,没想到,自己在有生之年竟还能正常地去感受,所遇到的人、见到的事、闻到的气味竟不再引起自己的不适。流亡国外后,他渐渐有了些

---

① 指约瑟夫·布罗茨基(1940—1996),俄裔美国诗人,散文家,诺贝尔文学奖获得者。

名气，也常参加诗歌圈子或者其他艺术圈子的集会。他曾在会中表达过这样的想法：在人与人的交往中，美永远是走在道德前面的。他从没想过要回到祖国，而他的遗体将葬在维瓦尔第的故乡。

父亲的忧虑

——你没必要担心你儿子的失败。当然我承认，对于你这样一个努力而可靠的男人来说，看着这个赚不到一分钱，并且一辈子向父亲伸手要钱的懒骨头，你感到很痛苦。然而，如果不是他，今天没人会认识你这个从艾克斯来的商人。他使得你的姓氏远近皆知。如果说到钱，他的画作的价值足够让你买下整个艾克斯，那个曾有顽童向他扔石头的地方。

——这些话我今天才说得出口。当时，我在他身上看到了所有令我自愧的弱点。我和他一样，在年轻时做着白日梦写着诗，不过我战胜了惰性，强迫自己去工作。我能从他的天赋中获得什么？我不知道。他给我画的肖像其实挺好的，但那是在他还是个学生的时候。后来，他的作品就都是瞎涂乱画了。你的说辞说服不了我，因为养个败家子对谁来说都是难以忍受的悲哀，也许一万个人里有一个能够证明自己天赋的价值，但这样的个例并没有什么说服力。

毕生作品

我们努力奋斗，但目标一个接一个地落空，如今，我们一无所有，只剩下艺术品和我们对艺术创造者的敬意。

除了敬意，还有伤感和同情。每个诗人或画家，都辛苦工作并追求完美。他只会一时满足于自己苦干的结果，而永远不会自信于自己有足够的才能。

我现在要说的这个画家的命运和许多人一样普通。他不在乎身外之物，不拘小节，穿着随意，"工作"对他来说是个神圣的字眼。每天早晨，他都会来到画架前，然后工作一整天，然而一旦完成一幅作品，他就把画布扔到记不起的角落，第二天早晨又开始画一幅新画，永远保有新的希望。他尝试考入法国美术学院但失败了。他崇拜热爱绘画大师，不论古今，但他没有与他们相比较的自信。他厌恶世俗，远离世俗，因为世俗生活会使他分心。他和他的模特共同生活并育有一子，同居十七年后才娶了她。他的画作被各个沙龙依次拒绝。他希望自己作品的价值得到肯定，虽然他的朋友们都称赞他的作品，但是他并不相信，并认为自己是个失败的画家。他踩烂自己的画，要不就免费送人。垂暮之年，他绝望于自己的失败，但还是坚持每天作画。他搬回故乡，被同乡邻里轻视、厌恶，这很奇怪，他没有伤害任何人的利益，还帮助了一些穷人。他的生活不太体面，衣衫褴褛，看起来像稻草人一样，天天受到市井顽童的嘲笑。他的名字是保罗·塞尚。

  这个故事也许可以使很多读者感到宽慰，因为它证明了这种在当时不被认可的伟大会在后世被追冕。然而，还有无数艺术家，他们也有着同样的谦逊和勤奋，他们往往就生活在我们身边，但时至今日，他们的名字已无人知晓。

人群之中

科学的发展让我们惊叹于宇宙的奥妙,无论是宏观的还是微观的。但是最令人惊讶的是我们成为了人类物种的"一员"①。人类这个物种应该和什么相提并论?和一个由微小组织自发分裂而组成的脉动生物——一只巨大的海葵比较,还是和一团由恒星汇聚而成的星云比较?要客观地去考虑这个问题是不可能的,因为人类曾把恐怖变为赞美诗、把钦佩变成厌恶。这是一个发明了善良与邪恶、羞愧和内疚、狂喜的热爱和愤怒的仇恨的物种。它的意识超越了星系,它能从一个构想中提取出毁灭性的能量。中午,一个秘书关掉电脑去吃午饭,而她的体内也有全人类,就像玻璃球里的折射的七彩光线。这些光线折射出人类历史,包括神祇、恶魔、信仰、脾性、宗教仪式、裁决、风俗、大屠杀和各种令人难以理解的壮举。她平静地走着,感受着毛衣在她尺寸

---

① 出自米伦·比亚沃舍夫斯基于1959年写的一首微型诗,收录在《错误的感动》(1961年)一书中。

不大的胸部上摩擦。人类昔日的所有是否都留存在她的基因里？还是相反，那些已经被抛弃，所以她必须从零开始？不管是哪种情况，她都不只是一个转瞬即逝的泡影，她以她自己的形式存在着，而这，或许就是最不可思议的事情。

克里斯托弗·罗宾

一九九六年四月，国际媒体发布了克里斯托弗·罗宾·米尔恩的死讯，享年七十五岁。他曾被父亲 A. A. 米尔恩画入《小熊维尼》中，以克里斯托弗·罗宾这个漫画角色的形式而不朽。

我突然需要思考一些很复杂的事情，这对于我这个大脑很小的熊科动物来说挺难的。我从来没有想过，这个世界除了我、瑞比、小猪皮杰、屹耳和我们的朋友克里斯托弗·罗宾生活的地方之外还有些什么。我们还生活在这里，似乎没什么变化，我还刚吃了些东西，只是克里斯托弗·罗宾刚刚离开了。

猫头鹰说在我们的花园之外还有"时间"，那是一个深得可怕的竖井。如果你掉进去了,你会直线下落,速度非常快,没人知道之后会遇到什么事情。我有点担心克里斯托弗·罗宾掉到那个井里了,但他很快就回来了,我向他问起那个井。"老朋友,"他回答,"我掉进去了,我一边下落一边在变。我的腿长长了,变成了一个大人,穿着长裤,长出了灰色的胡子,后来我老了、驼着背拄着拐杖,然后我死了。这可能是个梦,挺不真实的,只有你才是真实的,老朋友,还有我们在一起时的快乐。现在我哪儿也不去了,即使有人要叫我去吃午后点心。"

漫　画

卡通①和漫画②是美国人发明的,但给小孩儿看的那种图多字少的书还是法国人和比利时人写得好。比利时画家埃尔热因他笔下的男孩丁丁、小狗白雪、嗜酒如命的阿道克船长、错误百出的向日葵教授而闻名于世。

---

①② 原文为英语。

某些小故事的主角也十分有趣，比如胸部丰满的花腔女高音边卡·卡斯塔菲尔，她生动幽默的形象给我留下了很深的印象。《丁丁历险记》中的每一个人物都是一种法国人的写照，所以你总会觉得特别亲切。《丁丁历险记》被翻译成了各国语言，这就自然引起了我们的好奇，书里的人物和笑点能否被其他文化背景的读者理解。比如杜邦和杜庞这两个警探，永远拿着他们的拐杖，戴着黑色圆顶帽，这个形象就是典型的法国资产阶级的样子。必须承认，埃尔热非常擅于把各个国家给人的刻板印象写进故事里，他写过南美的军官、独裁者和警察，还有在"西尔达维亚"这个虚构的国家发射登月火箭的故事，根据书中的情节，那个国家的农民都穿草鞋，并且每两个人中就有一个是警察。可以说，漫画的内容是以刻板印象为基础的，换句话说就是对于某个地方或某个时代固有的想象。这一点在中世纪题材的漫画《乔汉和皮略特》（皮埃尔·库里佛）中也有所体现。故事的场景常常是穿着盔甲、挥舞佩剑的骑士比武，利用绳梯攀墙来攻城，寻找魔法药水和生命之泉，还有城堡、好国王、坏国王、巫师、巫婆。但有时也会出现一些新奇的点子，比如主人公们遇见了小小的蓝精灵，在他们的语言里只有一个动词——"施通福"①。这就是蓝精灵的第一次出场，二十年后，他们在美国声名大噪。可是"施通福"这个词在英译版里被翻译成"史墨福"②，词尾变化也没有了，从而失去了通过玩文字游戏造成的语法幽默。另一个有名的长篇漫画《高卢英雄传》（又译《阿斯泰利克斯历险记》）的故事场景是古代的高卢地区，阅读这本漫画时，总会不由自主地想去翻翻有关这个地方的历史。

美国人喜欢看报纸附赠的漫画。在动荡不安的六十年代，出现了一种新的漫画形式，这种漫画不再是从我们认识的事物中取材。漫画家罗伯特·克鲁伯创造了一个现实世界里不存在的角色，这个角色有一部分特点和不修边幅、满脸胡子的嬉皮士很像。这个角色就是自然先生。他呼吁全面解放人的本能欲望，挣脱法律和习俗的束缚。他留着长胡子，赤脚走路，唯一的装束就是一条到脚踝的长袍。他不觉得暴露是羞耻的事，甚至乐于这么做，因此漫画中的故事很多都是限制级的。

我在日本见到的事在美国从没发生过。大阪地区的晚电车上，下班的男人们站的站，坐的坐，每人手上都

---

① 原文为法语词 schtrumpfer，是漫画作者生造的。
② 原文为据法语翻译的英语词 smurf。

捧着一本漫画书。书上是追逐、捆绑、塞住嘴巴、掐脖子、抽打、切脖子，五花八门的最残忍的虐待。他们一定很需要这些。他们并不喝酒。也许喝酒更健康一点？

漂亮女孩

——当然，我曾久久站在镜子前自我欣赏，我喜欢看我自己。而且坦白地说，我甚至觉得自己有一些淫荡的倾向。没人能摆脱这种想法，对于女人来说这种想法更强烈。但在我参加那次摄影之后，我发现事情并不是我想的那样。坦率地说，当时我没钱，而给色情杂志拍裸照对我来说似乎也没什么大不了。后来，当我在杂志上所谓的原色照片里看到自己完全暴露着乳房，双手掩着耻丘的时候，感到非常不安。每当我一个人看着镜中自己没穿衣服的样子，就觉得我身体上的每个细节都属于我自己，有着我自己的特点。还有在做爱的时候，我也不会感觉自己是盘子上的一块肉。但是在杂志上，我的身体似乎已和我本人完全剥离。这种感觉就像躺在妇科检查台上，不，即使在那上面我还能努力让自己不被完全物化，只要不以医生的视角来看。在那些有过濒死体验的人的叙述中，有一个细节保持一致，只是因为他们信仰不同而有不同的解释，那就是在某一时刻他们的灵魂好像飞到了高处，漠视着底下自己的凡躯。我刚才所说的感觉，就和这种濒死体验差不多。

看手相

这个古怪的老人喜欢坐在这个常有艺术家来往的咖啡厅里，常客中有一对年轻、漂亮、看起来还很幸福的情侣。这个老人看起来有点令人害怕，他有着传奇般的过去，看起来像个巫师，而且对魔法和手相学有着特别的兴趣。当女孩请他给她们看手相的时候，他说："你喜欢你的罗密欧，因为当你俘获这个才貌双全的年轻人的心的时候，大家都在奉承你。然而，你所感受到的他对你的爱，完全只是他不懈地说服自己爱你而已。可以说他成功地说服了自己，这是他和自己玩的一场游戏的目标之一。我明确地建议你，最好别和他保持长期关系。我从他的生命线里就看出这么多。"

当然，这番解读对这双情侣没什么帮助。后来发生的事情太悲伤了，不适合作为一个故事写下来。

丈夫与妻子

她不去教堂，因为她有着与生俱来的诚实，总是明明白白地表达自己的意见，是就是，不是就不是。而一旦去了教堂，她就必须伪装自己的思想和感受。也许她还生来就是个理性主义者，神父说的话、做的事对她而言不可理喻。如果上帝存在的话，那祂应该不需要那些颂歌、咒语和咕咕哝哝的祷告。

她的丈夫去教堂，他从小接受教会教育，顺从于传统，如果哪个礼拜日错过了弥撒，他会感觉自己像个没完成家庭作业的小孩。但说起他去教堂的动机，却有点暧昧。他的动机里有一半是觉得好笑，有一半是觉得同情。对他来说，人（包括他自己）如果完全将自己交给纯粹的理性，那就太悲惨了。在人们的盲目和幼稚之下，是对顿悟真理的渴盼。但是他们表达不了自己的感受，于是就只剩下在宗教仪式里，说着重复的话、做着重复的手势和动作。每个礼拜日的早上，他都要把自己浸入内心深处的悲痛中，演上一场人们共同创作的，滑稽的、神圣的、凄楚的戏剧。

继　承

在梵蒂冈现代艺术博物馆中，绝大多数画作都不涉及宗教主题，从中也看不太出基督教的元素。我有幸去过一次，在里面找到了几幅本·沙恩①的画，他是立陶宛裔美国人，是我第一次在美国生活期间所交的朋友。梵蒂冈的专家们曾证明了艺术与宗教之间紧密却又不易察觉的联系。

宗教工艺品，或称圣叙尔比斯艺术，千篇一律的油画和平淡无味的雕像，还有专门为年轻人写的圣经简读本，这些东西都一直存在至今。令人惊讶的是，在二十世纪的今天，成千上万的青年在阅读基督徒作家们写的书，这些书中虽然只字不提宗教，但间接服务了宗教。

---

① 本·沙恩（1898—1969），立陶宛裔美国艺术家。

为什么这么说呢？你只要看书里表达的善与恶之间清晰的界线，以及"善永远会战胜恶"就能知道了。这不仅是宗教的原则，也是一切有趣的叙述展开的原则。这些作家同时也是战略家，是运用童话和科幻的高手。C. S. 刘易斯和他的《纳尼亚传奇》，托尔金和他的《魔戒三部曲》，还有玛德琳·恩格尔①。

在世纪之末

这儿好像曾经是某个天堂，在一大片安静的森林里，这个游戏正在进行，并被当场写成小说。作为剧中人的我们喜欢互相聊天。我们因相同的喜好和生活方式，甚至是相同的年龄而联系在一起。我们有男有女，并且大多数人的年龄都在四十岁上下。游戏的规则是，我们自由地选择一条森林小道，但不管怎么选，一个人总会神奇地与走在其他小道上的人们相遇，从而推动故事情节向前发展。

---

① 玛德琳·恩格尔（1918—2007），美国青少年文学作家。

我选择了夹在针叶树和草丛之间的一条路，铺着沙子的路面上有车辙的痕迹。我与同行的人（至于是谁我已经全忘了）愉快地走在路上，我们都以为自己正在走向森林深处，然而这条路却指引我们来到了一片河边的荒野，河对岸是一座高楼林立的大城市。我们的双腿陷在松软的腐烂物中，蹒跚地跨过许多白骨——很明显能辨认出来那是人的。原来对岸的城市在这里丢弃犯人的尸体，就随意地扔在地上，并不掩埋。这里曾经一定满是腐烂的恶臭。污染随处可见——变成污水的河流，生锈的罐头，堆成山的塑料瓶。还好，路的前方通向一片草地，草地上还有几棵大杨树。可是要到达那里，我们必须趟过一条已经被污染成了橘黄色的河，它和干净的河完全不同，但我们别无选择，怨声载道地踏了进去。过了一会儿，我们走到了河道转弯处，河水明显深了许多。我们中的一名同伴发现水已经漫过了腰，突然发出了歇斯底里的叫声。他大叫着受不了了，坚持不下去了，自己也被污染了，这样的地球让人没法活了。这就是一个从天堂开始，却没有以愉快收场的故事。

阿拉斯托耳

这么说可能有点夸张，阿拉斯托耳执导的电影是阴郁而令人不安的。崇拜者欣赏这些电影里性格暧昧的角色和对于象征的运用。阿拉斯托耳是个特别的人，这不仅可以从他的电影里看出，还可以从他在不少访谈中的表态猜到。

阿拉斯托耳的内心有着创伤和执念，他曾直接表态说不喜欢自己的电影，因为它们不够积极。他想做出一些不同的作品，但迄今为止还不知道该怎么做。他坦言自己作为一个基督徒，是个罪人，他个人的缺陷使他的作品变得压抑，尽管这些缺陷是有着客观原因的。

他成长于一个虔诚的圣公会家庭，但这并不足以让他在一个宗教意识淡薄的生活环境中保持信仰。阿拉斯托耳像他的同龄人一样生活，也许唯一的不同是他沉溺于哲学。某一天，他突然战胜了信仰危机，重拾信仰。但这并不归功于哪个传教士，而是因为托尔金的《魔戒》。他在青春期读到的这部作品在日后对他影响深远。

一个关于善恶斗争的童话,顿时将他从虚幻的人类道德标准中拉了出来,并让他陷入思索,反思在二十世纪时邪恶的巨大力量。我们会在青少年时期把自己想成书中的英雄,而我们成年之后所走的道路往往会不自知地受此影响。阿拉斯托耳与托尔金笔下的弗罗多·巴金斯感同身受,觉得自己肩负着反抗不祥之地魔多的使命。

许多迹象表明,地狱的黑暗在这个世界上蔓延,就像吸墨水纸上的一滴墨水,它不仅影响了环境,也影响了每个人的心。阿拉斯托耳也注意到了他体内的暗斑,他自我反省,为自己的人生感到惭愧,也为其他他认识的人感到惭愧。直言不讳地说,他重婚、通奸,显然不是个老派守旧的人,这使他更加了解公众的思想,但又有损于他心中那个与魔多斗争的善良形象。

他拍摄的电影中,杀人犯总是对自己的所作所为感到意外:我,如此亲切而善良,怎么会做出那种事?从这一点不难看出导演与自己内心的混乱所作的斗争,他的混乱源于,他乐于自欺欺人地躲避道德评判,同时又不甘愿地遵从于十诫。

他公开批评自己的电影,为什么?他的理想是一种"邪恶终究战胜不了正义"的幼稚,孩子们喜欢的那种。"难道不是?"他问道,"魔笛是伯格曼最好的电影,难道不是因为莫扎特的音乐?"然而在他向着自己单纯而光明的理想前进时，他遇到了一个无法逾越的障碍，这个障碍深深地影响了他的艺术风格，成为了它的一部分。他既惊骇又愤怒，甚至开始怀疑，在一个恶魔般的年代里，已经见不到没有被地狱的黑暗所污染的作品了。

神职人员

在二十世纪六十年代时，地狱突然消失了。没人能说出是何时发生的。之前是存在的，可是过了一会儿，就消失了。①

——戴维·洛奇

六十年代时，米哈乌作为一名年轻的神父见证了第二次梵蒂冈大公会议的巨大风波。与参会的许多兄弟不同，他认为神职人员守独身不是没有神学基础的，也不赞同神父组建家庭，对于教会中走向极端的自由派也保

---

① 摘自戴维·洛奇《灵与肉》（1980年）。

持着不信任的态度。这是因为他作为一名保守的新教徒,懂得严格划分界线和维持不同的意义,如果这些都可以被随意僭越和打破,那么就会让持其他信仰的人感到痛苦了。除此之外,他向往成功的心也不允许自己偏离他最初选择的道路。他来自一个非常穷困的家庭,父亲的失业给全家带来的不幸在他心中留下了烙印,因此他下定决心要做一个负责人的人。这条路既然已经开始,就要坚定地走下去,并且还要一步步争取坐上更高的位子。

他并不相信地狱,换句话说他不认为说谎话就要受到惩罚。他知道自己也抱有怀疑,但他把虔诚信仰的表面工夫都做全了,不仅如此,他还反对同代兄弟中公开承认怀疑的那些人,单单是这种反对就足以令他获得极佳的名声了。在被派去罗马学习期间,他又用自己计划周详的、无可挑剔的行动证明了他的好名声。如今米哈乌已经跻身于本国最著名的主教之列,并且经常参与时事的讨论。

某位红衣主教在被问到这种丑闻时淡淡一笑。"在教会的历史上这种现象屡见不鲜。现在还怀有虔诚信仰的神父肯定更少了。他们中的大多数都站在信与不信的边界上。但是教会的历史也证明了,那些为它工作的人——无论是骗子、伪君子还是亵渎者,无论他们情愿还是不情愿——都在为它的存在付出力量。因此，这些人在今天可能还是有用的。"

在大学

这所大学曾经很重视政治正确，因此致力于多聘请那些肤色正确、取向正确的员工。白人男老师很难得到晋升，尤其是异性恋者。而女性，特别是非白人女性则较有优势，如果她还是女权主义的倡导者，甚至被传言是女同性恋者——那就更容易了。老师的肤色越深就越好，英国语言文学系就为拥有这样一位诗人而自豪，她具备了以下三个特点：一、黑人，二、女性，三、推崇诗歌的激进改革。有的系却十分头疼，比如，上哪儿去找一位能教瑞典文学的黑人呢？斯拉夫文学系则干脆放弃了聘请最佳肤色老师的念头，他们认为系里有一位懂俄语的印度人就已经很难得了。

一位来自印度的女小说家凭借肤色和性别满足了英国语言文学系的招聘要求，虽然她结婚了，但她知道该怎么开设一门讲殖民丑恶的课。某位来自波兰的教授，

端着一杯威士忌，对这位女作家说了这样一段话：

在我们欧洲，儒勒·凡尔纳是受几代青年人欢迎的作家。他不仅在小说里描写过世界旅行，从而让读者获得了许多地理知识，也并不对政治敬而远之，反而在书中表达了自己自由和进步的思想。我想您一定会对他感兴趣，因为他最爱的角色是一位仇视英国殖民者的斗士。《格兰特船长的儿女》里写到的在海难中失踪的爸爸是一位苏格兰民族主义者，他出航的目的是寻到一小块陆地或者一座小岛，在那儿建立一个独立的苏格兰。而在格兰特船长失踪后，驾船去寻找他的格里那凡爵士同样也是一位苏格兰民族主义者。作家的政治同情心在他的另一部作品《神秘岛》中也有明显的体现。那几个乘坐热气球来到荒岛的人——其中包括一名黑人，都是来自美国北方的洋基人。您说在您的国家，人们并没有读过儒勒·凡尔纳的书，但我想他们一定都听说过《海底两万里》。请您原谅我作为一名教授的疯狂，但我觉得这些信息对您是有用的。这本书的主人公——尼摩船长是一位对人类社会充满失望，一生为祖国独立而斗争的人。他生在印度王室，从未放弃对大英帝国的反抗。同时他也是一位天才的学者，是他创造了世界上第一艘潜水艇。当解放印度的希望完全破灭后，尼摩船长选择永远避世于自己的潜水艇中。

我小的时候读凡尔纳的作品时，是尼摩船长不折不扣的拥护者，他让我感到非常熟悉，很像我们国家浪漫主义文学中那些为民族解放而反抗的英雄们。并且他也属于一八四八年之后必须承认失败的那一代人。我想要补充的是，在凡尔纳的作品里曾出现过很多被压迫民族的代表，但是唯独没有波兰人。因为在十九世纪下半叶的巴黎，波兰人并不代表潮流。如果我不怕您把我当作一个乡下的种族主义者，那么我想斗胆问一句，据我所知欧洲并不十分关心你们国家的解放，那么凡尔纳为什么会写到印度呢？有可能尼摩船长一开始是被设定为一个欧洲人，也许来自某个受欺负的欧洲国家，因为在我看来，他和《喀尔巴阡古堡》中的那位拜伦式的匈牙利隐者非常相似。我也不是很肯定凡尔纳是否真的想通过尼摩船长来表达对所谓的有色人种的敬意。另外，他对这些人也是有一些微词的。根据他书中的描述，当格兰特船长的儿女到达新西兰时，发现英国人虽然主要是以侵略者的身份在进行活动，但同时也为蛮荒之地带去了文明，可是为独立而战的当地土著却还保留着食人的传统。这在凡尔纳眼中无疑是不道德的，因此，他让主人公们在最后一刻逃脱了被丢进大锅烹煮的厄运。当您在课上介绍有关反抗殖民的文学作品时，应当要提到青少年文学。无论是以什么形式。

一个历史学家的忧虑

历史学家诺斯教授陷入了深深的悲哀，因为一个在众多大学之中反对追求客观真相的运动取得了成功。他的清教徒祖先，以追逐他们所相信的真相的名义，在十七世纪离开了不列颠群岛，现在他觉得自己也变得像他们一样古板、固执。这一代学者，经历过马克思主义，吸收了法国理论家的思想，以尼采之名起过誓，嘲笑真相是一种形而上学者的陈词滥调和压迫的面具。

诺斯刻意选择了欧洲中部一个极小的地区作为他的研究对象，为的是避免虚幻的泛化，研究在二战期间那个地方究竟发生了什么。表面上看起来，好像没有什么值得注意的事会在那里发生——那只是几个小镇、村庄、集市和森林。实际上，要有充分的对历史的了解才能弄得清楚在战争期间，那里发生的事情：现在那里的人们说着五种语言、信奉着好几种宗教。这一行政区有着寂静而些许忧郁之美（他曾造访过，为了测试自己的语言能力），那里的人们崇尚遗忘的力量。然而窥斑见豹，还能看到那个地方曾经的景象：比哪怕是最崇尚萨德主义的画家的幻想作品还要可怕。人们被殴打、强奸、斩首、绞死、活埋、处以石刑或者活活打死。他们遭受了人间所有的痛苦。

但是，是谁在杀人，谁在强奸，谁在虐待？谁是刽子手谁又是牺牲品？地上的石头不会回答，坟上没有名字，草草挖成的墓早已被野草覆盖。人类最尊贵的特质之一，就是他们会留下作为目击者的叙述。证词相互矛盾，X镇里发生的同一件事在每个描述者的口中都不尽相同，这些分歧取决于目击者的民族和母语。诺斯花了大量精力去筛选得到的素材，只得到一个结论，那就是明确地划分责任是不可能的，因为每一个在那里出现过的政党的所作所为都有可能导致当时的状况。

然而，这段历史已经变成朦胧不清的传说，此时出生长大的孩子们，他们也会间接了解到过去发生的罪恶，只是其中的罪人永远是"他们"，而不是"我们"。相邻的学校，教学的语言却不一样，孩子们学到的"我们"(也就是另一些孩子们学到的"他们")绝没有做过我们的敌人所归咎之事。

诺斯承认,他对事件的真实版本的固执追寻只得到了差强人意的结果,尽管如此,他还是认为,那些嘲笑追求真相的人应当感到脸红。他们把自己关在自圆其说的理论迷宫里,在那里他们得到了博士学位和工作,他们也不会承认自己因嘲笑追寻真相而快乐。但只要有一个人受他们的影响而放弃追寻历史真相,就会有一代又一代的孩子被灌输捏造的事实,成为最短浅的政治目的的牺牲品。

一个英雄的事迹

许多人之所以获得英雄的美名,是得益于他与战友们的团结一致。一个人自尊心再弱,也不愿在危机之中令其他战友失望。此外,兄弟情义在有同样感情和思想的人之间通常会自然而然地产生。但有这样一个年轻人,他的情况与众不同,我们可以叫他该犹①,免得让这个故事看起来像个空谈。由于内心满是创伤,他和自己的同辈们刻意保持距离,因为在他看来,他们会因为他的身世而拒他于千里之外。在他还在上学的时候,他由于多疑的性格被视作一个孤郁的孩子。他有事事争第一的雄心,成绩很好,这在一定程度上保护了他,即使他和别人的疏离感很强。事实上,他对其他同学的想法,是一种可笑和不屑。尽管如此,战争爆发后,面对考验,他毫不犹豫地和同学们一起,加入了地下抵抗组织,虽然他不太能接受他可能会死在他同学身边这一事实。他认为生还的几率渺茫,不管是他自己还是其他地下组织成员,经年累月,他一直在思索牺牲这一主题。他越是远离战友们的冲动和思想,越觉得出于自己责任感的牺牲是必要的。当他阵亡之时,他的勇气,缔造了他的传奇,没有哪个为他作传的作家敢怀疑他在地下斗争中的贡献。

---

① 以克日什托夫·巴钦尼斯基(1921—1944)为原型,波兰诗人,曾为波兰军团士兵。他的姓是《米沃什词典》中的一个词条。

有关果戈理的研究

许多作家和艺术家的传记总是不遗余力地挖掘主人公的私生活，希望展现各种各样耸人听闻的越轨行为，这主要是因为传记作者们身处一个充斥着性的时代。虽然尼古拉·果戈理的生平并未能给好事者们提供任何有趣的素材，他一生都未娶妻，也不曾有过情人，却也未能幸免。因为根据他与几位好友的通信，他的形象被顺理成章地塑造成了一个隐秘的同性恋者。

或许传记作者们从没想过还存在这么一大群人——无论是男人还是女人，说白了，他们就是不喜欢性。大众总是先在心中设定，所有人都应该是喜欢性的，而那些天生对性表现冷淡的人之所以会那样，肯定是因为身体或心理上有什么缺陷。

从果戈理的书信中可以看出，他是一个天生感性的人，对友情十分渴望。记忆中母亲的爱抚使他希望找到一位女性做伴，可是女性对男性是有所需求的，当她们和男人在一起时，几乎不可能抵抗住对性的交流的渴望。如果果戈理能遇到一位真正的女性朋友,他是愿意以灵魂结合的名义与她结婚的,也能做好承担婚姻责任的准备。在果戈理的时代,婚姻是一种沉重的社会制度,因此在他的小说和喜剧中我们能看到这样一种角色:他因为婚期临近而倍感煎熬,终于在大婚之日陷入恐惧并逃之夭夭。也许有这样一种可能,果戈理感知快乐的生理系统与众不同,换句话说,他无法感知性的快乐,因此他很难取悦女性,而他越不擅长与女人交流,就越向往一种不被责任束缚的关系。

难办的是,他不仅难以接受自己的与众不同,甚至倾向于把自己视为魔鬼,而这都是源于他的天赋的特性。他的笔下尽是扭曲丑恶的形象,他反抗自己的意志去嘲讽人类,他像一个驼子一样报复。只有男人的友谊能够令他得到些许安慰,但传记作者们肯定误会了,从果戈理的书信来看,可能他的确对某些男性的美产生了爱慕之情,然而真正吸引他的是和他们在一起的安全感。这种安全感是任何结婚候选人或水性杨花的女人所无法给予的。提到传记中的那几位男性角色——他们中没有任何人曾将果戈理置于危险的境地。

WYPIMPISZONA

这个词并非凭空捏造，只是我并没有在任何字典里找到过。它很有可能是波兰语从法语中大量借用词汇的时代的舶来品。pimpant 在法语里是一个形容词，意思是衣着得体的、有品位的，还包含了新鲜、生机勃勃、热烈而旺盛的意思。在波兰语中，这个词因为被冠上了前缀"wy"而具有了负面色彩。Wypimpiszona 可以用来形容女人，这种情况下它的意义可以是：花枝招展的、穿红戴绿的、花里胡哨的，或者是浓妆艳抹的、施脂着粉的、油头粉面的，这样的女人往往会引来竞争者的反感（这种情况常见于集市上的中年大妈之间），她们会毫不客气地说："你把颜料涂脸上了吧！"

这个词应当在谈及波兰文学和艺术的时候被引用。各种艺术形式都能用这个词来形容，虽然习以为常的人已经很难注意到这种现象，但外行却一下子就能感受到。看起来，这是追求精妙的艺术性的人的通病。美国电影工业从业人员中的犬儒主义者曾把电影分为"好的"和"艺术的",这里面大有深意。那些过分打扮的女人为了取悦他人,努力过了头,以至于超出了自然的审美界线。而波兰的散文家、诗人和导演们也常常花大力气去追求奇特和深刻,因为我们必须要做给西方看,假装我们能够无视权威、可以自由地展现负面的、荒谬的、后现代的东西。Wypimpiszona 的作品的共同点是缺失真实和直白的特性,换句话说这些作品的艺术风格都是从别处借来的。

这个值得重视的问题曾被命名为"民族的孔雀和鹦鹉"[①]。一九四五至一九八九年间,学习西方确实有效地制衡了东方文化的过度引进,而一些优秀的西方文学作品翻译也为人民波兰时期的文学家带来了些许荣耀。人民波兰时期的文学在今天被全盘否定,这是十分片面的。曾经有一段时期,唯独推崇西方文化,无论艺术水平高低,整个社会充斥着商品经济的诱惑。我在这里想要推荐一个硕士或者博士论文的题目:不妨研究一下那些在臆想的西方艺术风格指导下被创作出来的(文学、美术、影视)作品,看创作者是如何为了取悦的目的和商业的考虑牺牲了别的东西,这些一定都会在作品里留

---

① 出自 J·斯沃瓦茨基《阿伽门农的坟墓》(1839 年)。这里指波兰艺术效仿国外的趋势。

下可怕的痕迹。可以被视作不良行为的情况多种多样——无论是平常的欺骗行为，还是有意无意的伪装。尤其应该评价一下那些对"拿来的东西"持无所谓态度的思想。如果要我推荐一位诚实地对此类独立问题进行过阐述的著作，我会推荐博赫丹·考泽涅夫斯基①的战时回忆录，标题很不起眼，叫做《书与人》。

的确，要停止从不同的镜子里看自己，这并不容易。在过去的二百年中，似乎从来没有过一种令人不悦的需要，那就是区分"本身的"和"假装的"。

荒岛上

现今要再写出一本《鲁滨逊漂流记》该有多难啊！小说的主人公发现自己在一个荒岛上，他积极行动，试图把所有事情处理到最好。而一部新小说里的鲁滨逊可能会坐下来想象最差的结果是什么。无论如何我们都能推断：现代文学总体来说倾向于自我反思，也就是使用

---

① 博赫丹·考泽涅夫斯基（1905—1992），历史学家，戏剧批评家，导演。他的名字也是《米沃什词典》中的一个词条。

第一人称单数形式去叙述。

一个被困于荒岛的人必须要面对无法与其他生物交流这一基本事实，他试图与鱼、蟹、鸟谈话而徒劳无功。他感到自己丢失了身为人类的尊严，因为他无法说话。不过鲁滨逊至少还有一只鹦鹉，他教给它一些词句让它模仿，但这称不上是交谈。孤立无援的境地使他意识到，他所拥有的东西全部来自于人类社会，比如在他心中思念着的人们。他们的缺席让他在这毫无意义的时间流逝中显得极度无助。他的处境有点像被关在单人牢房中的囚徒，没那么糟的是，他可以奔跑、游泳、晒太阳。但是更加糟糕的是，牢房外还有狱警在为囚徒的不幸境地负责，还能和他们抱怨、争吵，但是在荒岛上，却只有海天将他包围。他将沉湎于回忆自己的过去，不再被"当下"所控制。诚然，僧侣——自愿待在遗世独立的荒野洞穴里的修行者，可以在人类社会之外生活，但他们还有神明与之交谈。如果这份联系也消失了的话，他们就会沦为懒惰和淡漠的恶魔的奴隶了。

现今的作家，他们惯于记录自己的知觉和记忆，他们怎么可能写出一个孤独的主角而不去写他的"意识的状态"？对鲁滨逊·克鲁索而言，有一件事是幸运的，那就是他没什么时间瞎想：他不仅要去找东西充饥，还要一直思考如何改善自己的处境。自十七世纪以来，我们在分清主次的问题上走得越来越偏,以至于忘记了,最简单的事才是第一位的。

等一等!

等一等,请停下吧,但不是因为你很美①。满目疮痍的战场。寸草不生的土地上布满弹孔。地平线的那头,一排排的不是葡萄架,而是十字架。空气中为何满是快乐的气息?歪戴的草帽,鲜艳的法兰绒,狂野的舞步。新的时代宣告开始,黑人演奏着萨克斯,黑皮肤的美丽在舞台闪耀。巴黎和东方巴黎的歌舞厅。聚光灯随着舞台上的角色和她的舞蹈点亮,又熄灭:

我的妈妈
来自横滨,
而我的爸爸在巴黎。
我的妈妈她

---

① 借用《浮士德》中的"你真美啊,请停一下"。

穿着睡衣的样子很美……①

这悲伤,这翩然而至的小姑娘,宛如站在黑暗的边界上:

中国女人,中国女人,我不是中国女人,
我来自巴黎,我带领我的同胞。
我曾是一个丢掉一切尊严的舞女,
在歌舞厅里。

那些年轻的男人在哪里倒下?他们的嘴里还在唱着:"战争,战争,你为何是一位姑娘?②"闺阁少女戴着樱桃点缀的宽檐帽,在加利西亚小镇的阳台上,唱着一首关于白玫瑰盛开的歌:

那是斯陶胡德河③畔,战争打响的地方,
白色的玫瑰花盛开在雾里。

伊瓦什凯维奇写下这样的怀乡之辞:

---

① 保罗·亚伯拉罕的戏剧《维多利亚和她的胡萨尔》选段。
② 波兰文中"战争"一词的词性为阴性。
③ 位于乌克兰境内。

啊这舞蹈，这舞蹈，战争！
阳光中的大炮和春天里绽放的花。①

等一等吧，你并不美丽。然而你曾经存在，现在却不知该对你做些什么。但是必须要做些什么，就像必须为死去的亲人举办葬礼，可是世世代代都因消逝而感伤，感伤却是无济于事。也许只能与同样思考时间流逝的人互相认同而已吧，可他们终究也会被奔流向前的时间带走。他们还存在时也和你一样，口中重复着你正在问的问题："曾经存在，然后消失了，这怎么可能呢？"

一把红伞

看风景时，我们可能会觉得，只有我们在动，而风景一直保持原状，这其实是不对的，风景保持它的样貌超不过一两代。地球上的时间具有它的规律性，树木会

---

① 出自伊瓦什凯维奇的诗《悲伤华尔兹》。

生长，从前阳光普照的大地，现在也许会遍地阴霾。洪水冲刷形成了沼泽，地上的植被与沼泽形成前迥然不同；风暴将古老的巨木刮倒，新生的矮树林在地面疯长，而且只有松属，没有鹅耳枥属。然而，环境变化最快的时候是人类时代。人的记忆可以保存一座云杉林，即使那片森林已经毫无踪迹，连砍伐后剩下的树桩也已被清除。我们想看到一片片绿色、栽着苹果树、梨子树和李子树的果园，树木之间有着棚屋、谷仓和牛舍。但那些都已不复存在，果园已被砍伐，房屋已被烧毁。现在我们眼前，只有一片广阔平坦直至地平线的田地，还有犁地的拖拉机。

我们可以假设，在这片土地上，女继承人的幽灵撑着一把红伞在游荡。对于那些说幽灵不带伞的反对意见，我可以这样回应——所有各种各样没用的玩意总有一个归宿，而它们并不全进了古董店。一位名叫丽尔卡的小姐（也可能叫伊霞）曾经喜爱新艺术主义并且时常光顾一九〇〇年代的文学卡巴莱，她走到一个地方，感觉这里有点不对劲。当我们回到年轻时去过的地方，会认出那里，即使那里已经变了。但她想找到庄园里的公园，却只看到一片荒地上的灌丛和土坑。她仔细观察了一处牛蒡和刺蓟丛生的地方，对自己说这个地方一定是她和维托尔德相拥的凉亭。但很奇怪，什么都没了，公园、凉亭,更奇怪的是,我在这个地方游荡了这么久一直没有碰到维托尔德,这可能说明我根本不爱他。

音　乐

　　写到音乐,值得揣摩的不仅有声音,还有做音乐这件事。交响乐团或是四重奏乐团的演奏着实令人惊叹。单单是因为几个来自这座城市不同的角落、不同的家庭,住在不同的房间,窗户面对着不同的街景的人相聚到一处,根据乐谱把写在纸上的音乐表现出来,就足以让人赞叹不已了。乐手本身也各有特点——他是光头,他留着大胡子,他是瘦子,而身穿一条绿色连衣裙的她,在一群燕尾服中格外亮眼。他们在演奏,或者说是在服务于一种与他们完全不同的存在。那是在他们生前便出现,死后也不会消失的东西。我们作为听众和观众,参与了感性的人在另一个世界的一日游,那是一个精确均衡的、不屈从于任何逻辑的、纯粹的理想世界。乐手们在这个世界的边界上拉动琴弦,敲击琴键,吹响笛子和狩猎号。而我们,想到人间竟然如此美妙、丰富和多样，心中便升腾起巨大的喜悦。

猫的秘密

　　猫已经和人类共居了几千年，它们的行为表现已经没什么神秘的了。这是当然的，它们已经为人类忠诚工作了几千年。农业文明意味着粮食，而哪里有粮食，哪里就有老鼠。但不管环境和条件如何变化，猫却一直都在。

　　然而猫有一个值得深思的特点。你有没有注意到男同胞们只要一谈到猫，他们的脸上就会露出一种俏皮而诙谐的神情？同样的事情也会发生在谈到性的话题时。如果是谈论狗的话，就不会激起这种半明半暗、有些私密感的反应，而是达成一种众所周知的共识。我断言，人类和猫是因为一种肉体上的协议而联系在一起的，我们在猫的面前并不作为人的角色，而是成为了一种屈从于视觉与触觉的物种，而这些感觉上的诱惑使我们被它吸引，正如我们被某些树木、花鸟、动物、山水吸引，被某些形状和颜色吸引一样。猫特有的外表让人想要抚摸，抚摸是一种爱的语言。我们给予猫无数的哄逗，还有小猫、猫咪之类的甜蜜称呼。另外，我们对猫的看法非常趋同，无论我们是男是女，是老是少。而对猫的喜爱、对猫的虐待，似乎都是出于这一种吸引，只是分了两面。

这种普遍性值得深思。虽然存在个体差异，但我们属于同一个物种，同样有头、手、腿，解剖图上还展示了我们体内有什么东西。并且，我们的身体构造决定了我们会像向日葵面向太阳一样，将目光投向我们认为美好的事物。只要稍微关注一下我们对于猫在色情上的（对你没看错！）偏爱，就可以开始问自己一些关于我们的天性的问题了。

猫无疑也有它的天性，所以我们和猫之间的契约又标志着它的天性与我们的天性的交汇。可是意识、语言、历史不可能同意！它们或许会惊呼，我们怎么还远远不如那个低劣的动物！我们别再骄傲地抬高自己，也别再把我们的精神高地和低级感官区分开来。我们倒不如享受那位正在沙发上伸懒腰的家中成员所带来的好处，忘掉那些说人类天性不存在的哲学观点。如果说要在不断变化的人类天性中证明它的存在性有些困难，那至少在这个伸出红润的舌头打哈欠的生灵面前，我的天性正使我怜爱地看着它，而这说明我本人的人类天性毫无疑问是存在的。并且我要强调，人类天性的存在性不是没有意义的，只有当它存在，我们才能确定我们的法律和制度中哪些是对它有利，而哪些是与它的基本需求背道而驰的。

这样一来，我们从猫谈到了一个重大哲学问题。虽然猫听不懂，但我们姑且将此归功于它们吧。

脱　胶

我接下来要说的东西，会被那些有过类似经历的人所理解，比如在一场历史巨变中，看到人类社会中的某种未知的人性显现出来。鉴于本世纪已有多次历史巨变，所以许多人都有这种经历。

这种情况时有发生：我们行走着、见证着、被自己的同情和愤怒折磨着，然后突然意识到我们所见的那些现实，它不在文字里。报纸、书籍、公文上没有，诗歌、小说或电影里也没有。事实，被亲眼见证的事实，和语言文字中的事实脱胶了。我们惊讶了，问自己：这是梦境？还是蜃景？文字的织物就像茧一样将我们紧紧裹住，如此强韧无法挣脱，甚至让我们开始怀疑自己的感官。

这样的经历不会让文学朝着好的方向发展。它会迫使我们求助于现实主义，而这往往会发展为伪现实主义，因为真正的现实无人能承受。十九世纪时，有人说小说应该像"公路上的镜子"一样同时照出蓝天和污泥①，而所谓的"现实主义"小说却肆无忌惮地说谎，对不受欢迎的和被禁止的题材视而不见。而除了狄更斯的一些作品，真实的十九世纪伦敦资本主义社会在这些小说里几乎看不到。一八六二年，那个充斥着痛苦和堕落的罪恶之都在一个外国人眼里到底是什么样的，我们可以从陀思妥耶夫斯基的《冬天里的夏日印象》中看到。

二十世纪为人类制造了一块屏风，出于政治的目的，上面描绘着"生活场景"，掩饰着幕后发生的事情，这叫做社会主义现实主义。而国家的法律和禁令是造成事实和文字描述不一致的唯一可能因素。事实上，语言文字很容易和现实脱胶，而在大多数情况下，我们试图把它们粘到一起的努力是徒劳的，但又是绝对必要的。

---

① 出自《红与黑》。

禁　忌

禁忌，意为"不允许"，是波利尼西亚群岛的封建制度的基础，它主要规定了不可触犯某些人（如酋长、祭祀）、地和物。弗洛伊德及其后继者使我们学会了将禁忌这个词和性联系起来，然而那些岛民完全不理解身体机能被禁止这一现象。这成为了夏威夷与白人文明的碰撞中的一个重点。一位年轻的英国水手，于一七九一年来到过夏威夷的托马斯·曼比①，曾（津津有味地）描述在船的甲板上与船员们相伴的大批年轻姑娘，她们坐着小艇或者游泳过来，并停留上几天，而新教的传教士来到火奴鲁鲁，对这种行为进行了严厉制止，以致引起了船长们的抗议。

在几十年内，那些曾经违反就会被处死的禁忌在夏威夷群岛逐渐消失了，这也标志着这个文明的终结，（可怕的）新教传教士们面临着一个极度腐朽没有任何

---

① 托马斯·曼比（1769—1834），在法国大革命和拿破仑战争中牺牲的英国船员。

信仰的社会。传教士们传入了原罪的概念，它不仅涉及到性，还有舞蹈和游戏，而违背的惩罚是堕入地狱。

我们的文明史就是一部禁忌演变史。二十世纪，类似于苏联这样的乌托邦利用禁忌来维护政权，那些禁令逐渐瓦解的过程，好似夏威夷封建制度的历史在苏维埃重演。

在一个所谓"宽容社会"中，打破禁忌一般仅局限于性方面，为提高销量的滑稽而隐晦的性暗示广告对此也有不少贡献。打破禁忌的自由看上去是全面的，而性以外的其他领域的禁忌却不在人们的关注范围之内。

自夸一句，我注意到了我生活中各时各地的各种禁忌。我觉得这比在无意识之间屈服于它们要好。有时候我有一种渴望，想探探被允许的自由的上限，但出于种种原因我还是压制住了这种冲动。我相信会有人在合适的时候——不是我此生能见到的时候，完成我的心愿。

被驱逐的厄洛斯

她那姣好的胸脯雪一般白净，
燃起了人们火热的情焰，
风流的乳房部分袒露，
部分被可恼的衣服遮住；
衣服挡住了贪馋的视线，
却挡不住非分的遐想，
想象不满足于美好的外表，
闯进了最隐蔽的深处。①

　　如果厄洛斯突然弃诗歌和语言，甚至弃整个人类族群而去，世界会变得怎样？以衣蔽体——这种非自然的文明的产物成为了爱欲的催化剂。身体被遮蔽得越多，可被幻想的诱惑就越大。那么，自然的东西是否也对此

---

　　①　塔索《耶路撒冷的解放》，王永年译，人民文学出版社1993年版。

种欲望有所促进？这还值得商榷，不过可以肯定的是，在裸体主义者群体中，爱情绝不会被如此形容。

这首八言诗道出了人类的所谓的身心特性。然而其他星球上与我们构造完全不同的生命，一定会很难理解诗人到底想表达什么，也不懂为什么正是这个身体部位如此吸引我们的眼球。或许有这么一天，人类在某一个清晨苏醒，忽然发现他们对"这种东西"不再感兴趣了，那么他们也就无法理解这首诗的含义了。恐怖袭击的手段日益变化多端——无论是在现实生活中还是在书里——因此，运用化学方法或者放射方法，让人在"雪一般白净"的胸脯面前不再有反应，好像也不是完全不可能。也许可以写一本书，来谈谈突然与厄洛斯断绝联系的文明。也许故事发生在一个被敌人用此种方法攻击的国家，它的子民失去孕育后代的能力后，便只能无助地等待灭亡。也许是某个种族希望自己的宿敌从这个地球上消失，所以用了这个方法。也许有人会做这样一个实验，在一群人五岁的时候，命令他们过禁欲的生活，并观察他们长大后会是怎样的人。如果想象力丰富，这里还能提出更多的话题，不过我还是把它们留给其他愿意提出话题的人吧。

奥林匹亚居民的游戏

古希腊的神祇们性格反复无常，而人的命运又取决于他们的意愿，人类揣测不出如何获得神祇的青睐，怎样又会触怒他们。当时神域的居民还时不时在大地上现身，但后来却消失不见，与山泉中的宁芙、古林中的树妖、海上的海妖一起，不见踪影。几千年过去了，他们似乎不太可能回来了。但他们最终还是回归了，至少是在书里，比如某个著名的宇宙学家塞巴斯蒂安·郭的一本书。

考虑到创世者在十八世纪失去了祂的权威，祂被冠以"伟大的钟表匠"① 这一称号，而钟表匠只是让机械按规律动起来，而不会去干涉它的运行；又考虑到在之后的几个世纪人类遭受了来自战争、种族灭绝政策的深重苦难，而上帝没有出来阻拦它们的发生，导致天意存在的可能性又变得更低了；最后考虑到人类经过不懈努

---

① 把上帝比作钟表匠的理论是由威廉·佩里在 1802 年提出。

力学会了如何将科学真理和经验事实结合起来——宇宙学家在寻找世界起源的真相时，尽量避免出自宗教的有关思想。尽管如此，还是有些科学家惊讶于在宇宙大爆炸之后，物理定律是如此精准，而他们也愿意假设，存在一个我们无法理解的强大智能创造了宇宙当作消遣。这些科学家中的一员，塞巴斯蒂安·郭甚至认为，我们的宇宙是他们利用量子力学进行的一场实验，或是一场模拟仿真。有一种观点认为，我们喜欢凭直觉构造一种容易领会的逻辑来解释所见的事物，但现实往往又会偏离该逻辑，宣告我们的愚昧无知。我们不妨想象，有两支比赛队伍，队员们有着我们无法企及的智慧，在进行着一个类似于象棋的游戏，而我们只是计算机中的符号。这可以解释那些命运的纠缠、注定的缘分、飞来横祸和充满讽刺意味的胜利。这也能解释为何我们始终无法掌握命运中的逻辑，以致我们在一些不合逻辑毫无规律的事情发生的时候会有点相信命运。古希腊人为自己编造了一套充满爱恨情仇、权力斗争、反复无常的神话，这很聪明，因为这使得他们可以通过直觉去领会人的命运，从而避免了复杂困难又无情的高级科学计算。

越来越少的告解

这个耶稣会神父的眼镜实在太厚，我无法通过他的眼神看出他所说的话是在反讽还是在辩论。

"对，告解制度在很多国家已经要消失了，"他说，"即使在一个做弥撒时人满为患的教区，一个月去告解的人也不过十人甚至五人。而这些来忏悔的人，至少我是没办法满足他们的诉求，毕竟我没有学过精神病学。"

"有一次一个男人来向我忏悔，告诉我他想说出他一生中最大的罪行。结果这个罪行是杀了只鸟——一只飞进窗户的小鸟。那个人对鸟类了解不多，他的朋友听了他的描述后认为那只鸟可能是一种蜡嘴雀，但不是来自欧洲，所以它也许是某个人的宠物，非洲麻雀之类的。那个男人买了个鸟笼，洒了些谷子给鸟吃，但它并不理睬，虽然它看起来已经快要饿死了。'然后，我出于好心，'他告诉我，'掰开它的嘴塞了一些面包屑进去，但它却极力反抗，还在我手中发抖。我再次试着掰开它的嘴的时候，它颤抖着身体、拍打着翅膀，死了。

我反应过来，它是由于过度惊吓而突发心脏病的。'"

神父问那个人为什么将这件事当成一项大罪。那个人说这件事对他来说有一种象征意义，这件事可以解释后来他为什么会害死一个人。曾经，出于盲目的好心，他像一个暴君一样对待一个与他一起生活的女人。他无法理解为什么一个人与他的想法不一样、看待事物的方式不一样。为了她好，他会一直尝试证明她是错的，并要求她改变她的行为和想法。她并不接受，认为他的这种要求是一种人身攻击。

就这样，他在离婚诉讼中被判精神虐待。他们的婚姻到此结束，不久后，她死了，疑为自杀。

我瞥见厚厚的镜片背后发出一丝神秘的闪光。"他们会捏造一个故事来忏悔。比如我刚说的这个人，出于罪恶感，把那两个事件强行结合起来，我们也没法知道哪些是编的哪些不是，又有哪些故事被隐瞒了。这么看来，我们神父应该赦免的，是人们或为夸大自己的罪，或为隐瞒自己的罪而捏造和幻想这一行为。"

神父和卡萨诺瓦

红衣主教吉安尼尼喜欢那个无赖,吉安尼尼在他还是个教士的时候与他相识,那个年轻人当时给红衣主教阿夸维瓦①当书记员。后来,吉安尼尼还经常关注他这位曾经的门生的跨国事业,他自称他现在是一个超自然技艺大师。在一座装饰着朱里诺·罗马诺②画就的横饰带的图书馆里,红衣主教正忙着写一部神学论文,他陷入了沉思,他对像卡萨诺瓦这样的人的人生有许多不甚理解的地方。

年轻时,吉安尼尼是一位剧院爱好者,同时,难以避免的,也是一位剧院化妆间爱好者,好奇于粉底、胭脂、墙上挂着的五颜六色的假发和反射着烛光的镜子。

作为一位巡演女演员的儿子,卡萨诺瓦被剧团视作他们的一分子。他把生活看作一部喜剧作品,里头充斥

---

① 特罗亚诺·阿夸维瓦·达拉戈那(1695—1747),意大利红衣主教。
② 朱里诺·罗马诺(1499—1546),意大利画家、建筑家。

着面具、魔咒、塔罗牌、万能灵药。红衣主教问自己，他应该属于哪个世界秩序？他认为世界明显被分为了两个秩序。其中之一，一直在被人类思想更新重建，始终没有尘埃落定。这个论点的证据有：圣托马斯·阿奎那的著作、伯拉孟特所设计的圆顶、贝尔尼尼的柱廊、米开朗基罗和拉斐尔的绘画，还有无数建筑工人的劳动，还有士兵、商人、外交官的贡献。对许多人来说，这无论如何只是表象的秩序，这些人将他们的热情投入在了别的东西上。在他们的领域里，一个眼神接触、两个人的手不经意的掠过或是在走廊中的擦肩，都是有意义的，并且只有一种意义。在这场关于引诱和暗示的游戏里，女人是最擅长于此的；戈齐说过，女人，从她们的第十二个年头起，脑子里就只剩一件事了。卡萨诺瓦懂得读懂女人的暗示，而由他一人组成的"爱情挽救服务公司"也完美无误地运行着，不论对象是少女、妇人还是寡妇。把他称作一个勾引他人的骗子是错误的，因为他只是回应暗示，就像一条顺流而下的船。

在这个秩序里，没有顾虑，没有罪的概念，也不必害怕地狱的责罚；内心只要有诡计、狡诈、欺骗、伪装，只要为了一个目标去努力，所以不管是吃醋的丈夫锁上的门、闺房窗户上的铁栏杆、甚至是一座没有阶梯的高塔，都形同虚设。红衣主教乐于看到卡萨诺瓦如此精妙的手腕，而一想到自己的青年时光，甚至还有些嫉妒他。他早已弃绝那些可以毫无顾忌地享受爱情诺言的日日夜夜了，现在年老的他，只能细细品读卡萨诺瓦，问自己究竟属于哪个秩序。

他笔下的这个秩序到底是什么？如果说戏剧的本质就是穿上巫师或国王的长袍、用假发隐藏真正的发色、假装自己是另外一人的话，那他所属的秩序便是一场多幕剧表演。只是缺少一个环节：当幕布降下，演员们挤入化妆间，脱下长袍，解下腰带和裤子，洗去脸上的脂粉，跑到酒馆狂欢。角色显然已经设定好了，但谁隐藏在角色之后却不好猜：那就是第二个秩序中的人，他们漂浮不定、他们终有一死、他们永远忙着趋利避害。但如果卡萨诺瓦仅仅是一个浪子和骗子，那么他的事迹不会如此引人深思。他是喜欢冒险，但他精通占星术、剑技，还有从城堡上跳入海中的敏捷身手，甚至是赌桌上的亨通财运，都满足了戏剧的需求。卡萨诺瓦八面玲珑地周旋于那些自大的追求者之间，他的一生让吉安尼尼想到了人类文学作品中的肉欲和激情，他的一生同时还警告人们不要退回到抽象概念的高地。红衣主教写着，一个三段式推论自然而然地在他笔下浮现，而与那些过于相信纯理性的力量的哲学家不同，他写道："*恰恰相反*"①。

字　典

　　这个小镇靠着一种经济作物所形成的产业养活了许多居民。盖德鲁斯和盖德拉在这里生活和工作了半辈子，买了一座小房子，领着一份不错的养老金。他们很般配，即使没有生儿育女。他们深受街坊邻居喜爱，相处融洽，邻里之间互相分享快乐和悲伤：他们在圣诞节时把街道和房子装饰得光鲜亮丽，一起讨论险些波及小镇的洪水，抱怨过高的税收，参加别家的婚礼和葬礼。

　　但有一件事，他们与众不同：他们两人独自在家的时候说着一种小镇里其他人都不懂的语言。他们是在青少年时期从一个遥远的小国家移居过来的，但祖国的风景在他们脑中还栩栩如生，随着每一句说出口的母语在他们脑海中回荡。只有他们街道的邮递员察觉到了这个，因为他总要给他们递送印有看不懂的标题的书和

---

　　① 原文为拉丁语。

报纸。

有个主意从他的脑子里冒出来,也可能是她的脑子里,不管是谁,他们两人都觉得这个主意很棒。他们刚刚退休,可以把所有的时间和精力都用在上面,他们一致认为这是自己毕生最爱的一件事:他们决定编一本字典,这可以将他们母语的优美和力量展现出来。他们也想到过早就有人编过字典,但他们决定使用一种他们特有的方法来编纂这本字典:以词汇与他们自己联系的紧密程度来将词汇归类。

在他们刚刚开始的时候,他们就意识到了这项计划的庞大,并自问能否在有限的余生完成这项工作。他们把其他所有的活动和消遣都放在一边,甚至连兔子也不养了,每天起早贪黑地工作。

他们年复一年、孜孜不倦地推进着他们的计划。他们从未觉得如此开心、彼此之间如此亲近过。他们不仅热爱母语的文字,也热爱他们回忆起的母语的声韵,正如回忆起故乡的农夫、农具、季节,这些东西对他们而言是如此珍贵,似乎每一天他们都变得更加了解对方。

他们花去六年时间编字典,但当字典编纂完成时,厚重的稿子吓退了出版社。于是他们决定建立自己的出版社"盖德鲁斯和盖德拉出版社"来印刷装订他们的字典。他们在侨胞报纸上登广告募捐,结果奇迹般地获得了大量捐款，完全足够字典出版的开支。

在专家们的评论中，对他们的苦劳的敬意，超过了对他们在语言学上的功劳的肯定；他们自创的编纂方法是有一些弱点的。尽管如此，他们都承认：所有热爱这门鲜为人知的语言的人，都无法忽视这对老夫妻竖立起的这座光荣的丰碑。

对知识的热爱

维克托在学校时就开始觉得自己比其他同学要高明一些，因为他喜欢研究所谓的严肃问题。他阅读难以理解的著作，但出于害怕被挖苦嘲讽，他从不以此自夸，只是坚持阅读以取悦自己。在高中快毕业的时候，他甚至买了一本斯宾诺莎的《伦理学》，但读了几页之后就放弃了，因为他一个字也没看懂。

他在大学里选择了一门他认为名气够大、符合他杰出才能的学科，并且十分乐于在交谈中不经意地提到自己专业的名字。

我们可以毫不犹豫地断言维克托是个假内行。这种人喜欢给自己戴高帽，有些人吹嘘自己的祖先，有些人吹嘘自己的财富，而维克托自认是个学者，他踩着一对虚假的学识的高跷，昂首阔步。

不知道他自己是怎么觉得的，无论如何他的勤奋都毋庸置疑。他苦苦研读深奥的书本，见到各种不认识的词汇，一个个查字典。那些书也逐渐变得能够理解了，这大大提高了他的能力，尤其是节省时间的能力。

还有一件事值得一提，他十分欣赏和重视自己的智慧和敏锐，虽然其他人不这么认为。

他不可避免地发现了一件事，并且这件事对他的事业影响很大，那就是，他发现一个人应该了解的知识和他能够了解的知识之间有一条鸿沟。学说、假说、研究趋势、概念、论文，它们的数量过于庞大，只有超人才能把它们全部消化。人们遵守着一条不公开的规则：提及某些名字时，并不需要读过他们的著作，而是说明，你已经掌握了这个领域的"行话"。也正是因为这个，你拥有了在浩瀚知识之中穿行的能力，正如一个人通过在浮冰之间跳跃来过一条河。从此，维克托放弃了积累无法全部掌握的知识，而把精力放在学习正确的语言上，这样，他进步得越来越快。

作为一名助理教授，维克托首先在系里出了名，后来逐步扩散到更大的圈子。评上正教授之后，他通过大量出席研讨会，为他的大学赢得了声望。

当他死于空难之后，他的两个老同学参加了这个伟人的葬礼。他们一个是牙医，一个是农民。他们不太喜欢维克托，但他们尊重他的学识，后来他们边喝酒边问自己：要成为一个像维克托一样的名人，是不是也要像他那样从小就远离他人，轻视他人，为一个目标放弃所有其他？而这个目标又是什么？对知识无私的热爱？对知识的热爱又是什么意思？

一位哲人

这位哲人是一位无神论者，也就是说，他不会从世间万物中找到造物主创世的任何证明。没有上帝，科学假说也能成立，虽然他对科学的方法抱有一定疑问，却仍依靠科学去探寻事物的本质。严格来说还要增加一点：他虽然尊重科学，但绝不属于那种指望理性能够带领人类建设一个完美社会的梦想家。

在他看来，作为哲学学者，唯一应当全心投入的事情就是思考宗教的意义。每当他在思考时碰到矛盾的地方,便会这样回答:人类本就是自相矛盾的,他们信仰宗教,同时保持着与自身的人性的和谐。

根据他的观点,人类所有的荣耀和尊严都凝聚在了宗教信仰之中。人类这一可悲并终有一死的生物,竟能创造出善与恶、高与低、天堂与地狱;他觉得这几乎不可相信,并值得永远惊叹。在这浩瀚无垠的宇宙(不是想象中的宇宙)中,本不存在善良、怜悯、热情,而且那些由人类内心需求而产生的疑问也从未得到任何回应。这位哲人感觉到,那些主流宗教的信徒并没有把足够的注意力放在人类的孤独上——这种孤独是人类作为浩瀚宇宙中拥有意识的生灵而被赋予的天性。而倾向于将大自然人性化,模糊人类与动物王国界限的萨满教徒们也就更少关注这个问题了。

受女神维纳斯所掌控,或者说被自然的力量所支配的"美"的概念,曾让这位哲人犯了难。他曾在一本书中写道,被维纳斯唤醒的形状和色彩,只有被人类看到和听到时,才产生了美,因为只有人类的这两种感官拥有转化的魔力。

哲人并不对所有宗教一视同仁。他视为最高的宗教,是那些能明确区分人类与事物自然规律的相互对立,并因此使人类从规律中解放,以达到救赎目的的宗教。那么,排在第一位的便是基督教,其次是佛教;因为这两个宗教都将某个特别的、独一无二的人神圣化，都歌颂人类的热情，反对世间的冷漠。还有比明知冷酷的世界将判自己死刑，却仍愿意化身为人的耶稣更有人性的吗？

哲人首先对罗马教会、天主教会和使徒教会表达他的敬意，单单是它们长达两千年的历史就足以成为原因。在他的世纪，他目睹了通向地狱之门的战争。作为一名人文主义者，他本该因为那些压抑人类本能欲望的禁令遭到削弱而欣慰，然而，他却向敢于公开反对全世界的罗马教皇鞠躬。

如果没有一个真理来使某个文明具有凝聚性，那么这个文明就时刻处在分裂的边缘。因此哲人总是在他的公开讲话中，回应那些来自梵蒂冈教廷的警告。尽管他曾多次被信仰的恩赐所拒绝，他仍希望自己能成为主的葡萄园里的工人，对此他从不掩饰。

赞美不平等

"我们本来有权这么做。"伯爵夫人一边脱下裙子，一边对她的情人说道。情人躺在床上，用胳膊枕着脑袋，看着镜子里的伯爵夫人。"但我们必须维持应有的外在形象。"说着，她从高高的发髻上取下了龟甲梳子。"我的女仆伊丽莎白跟她的情人约瑟夫做着与我们同样的事，这让我在良心上受到了莫大的折磨。说真的，仆人与主人的生活离得太近，见得多了，就会去模仿。可是除了他们，还有许多文盲，在他们的村子里继续着与他们祖辈一模一样的生活。试想，如果这些人都看向比他们优越的人，并幻想自己也能拥有同样的权利、金钱和地位，这会多么可怕。亲爱的，也许你要说我是个道德家，但你只要想想一个废除了所有禁令的世界会变得怎样，就会懂了。既然我们都在乎好的风俗和社会习惯，就让我们保护那些不幸的人，让他们免于受到自己的伤害吧。虽然他们根本不知道。"说完，她从抽屉里拿出了一件带花边的薄纱睡衣。

里与外

我们活在世界的"里面"，而且对此我们无计可施；就像鼹鼠在地底活动，然而外面却充满了空气，阳光普照，鸟儿飞翔。这对于鼹鼠们来说便是"外面"的世界。或者打另一个比方，我们就像住在一个利维坦①之内，城市、社会、文明、时代是在里面应用的名词——也就是一切有关人与人之间活动的词语。我曾将这个利维坦想象成挂在宇宙之树上的一枚巨大的茧。不管怎样，我们虽然活在茧"里面"，但和活在地底的鼹鼠不同，因为我们被赋予了意识，并能凭此来到"外面"。意识这东西只有少数人能拥有，且不会时刻存在。如果人类无时无刻不在害怕因怪异的表象而受到嘲笑，那么他们怎么还会有欲望，还会渴望达到目标，还会彼此斗争呢？举个例子，假如我们按贡布罗维奇的建议去思考骑着马的人，就会看到一个动物跨坐在另一个动物身上，用脚上绑着的一块金属逼迫它前进。再想一想骑兵打仗？或者可以思考一下舞会：男男女女赤身裸体，穿戴着仪式性的衣服，伴随着愚蠢的音乐翩翩起舞。也许这舞会就像是斯塔尼斯瓦夫·文森兹②在关于盗贼多博什的故事中所描写的一样：多博什曾被坏的灵魂邀请到山顶的一座城堡做客，那里的先生和女士们都盛装出

---

① 意为庞然大物。
② 斯塔尼斯瓦夫·文森兹（1888—1971），波兰作家。

席，狂欢畅饮。而他的一个聪明的助手注意到，舞会的乐师们时常会拿起身边的一个碗，然后在脸上涂上什么东西。助手也学他们往脸上涂了那种东西，突然他看见了另一番景象：跳着舞的骷髅，奏着音乐的魔鬼，而城堡只是一片废墟。

可以说，这个人就是突然从"里面"来到了"外面"。而我们究竟有没有被语言牵着走？华丽的辞藻，高大的思想，哲学流派，理论学说——这一切都早已深深根植于我们的思想和身体内部。

曾有一个作家去了一趟"外面"，他的经历证明了这是一种风险极高的行为。乔纳森·斯威夫特[①]院长曾指出，一旦一个人跳出自身的范围，从宇宙的距离来观察身边的人，他便再也无法体会平常生活的喜怒哀乐了。当他从慧马国回到家，难道不会因前来迎接的妻子发出的气味而昏倒么？因为慧马国即乌托邦，它象征着人类里与外、此岸与彼岸的对立——或者说——禁锢于短暂现世的身体与高飞其上的灵魂之间的对立。

[①] 乔纳森·斯威夫特（1667—1745），爱尔兰裔英国作家、讽刺文学大师，代表作有《格列佛游记》。

先　祖

说实话，你我都不该存在于世。让我们想象一下我们父母的生活条件和境遇，然后再想想祖父母、曾祖父母，和更遥远的祖先们。即使先祖们恰好都非富即贵，但他们的生活环境还是会充斥着脏臭，在当时的他们看来，我们如今享受的淋浴和盥洗用具会令他们瞠目结舌、艳羡不已。我们更有理由想象，他们之中有人饱受饥饿之苦，对他们而言，在收获季节前夕，一块干面包便意味着莫大的幸福。先祖们饱受来自疫病、饥荒、战争的死亡威胁，而满屋子嗷嗷待哺的孩子们十之八九都会夭折。就不用说那些行为古怪的部落、后脑勺上的丑陋面具、椴树干上雕刻记录的血腥献祭仪式了！他们为了敲碎敌人的头颅，以石头作为仅有的武器，在幽暗的原始森林中潜行。从我们个人的主观视角看来，仅仅能了解到父辈的生活，但事实上，还有无数世代的祖先是客观存在的，还有他们遭受的苦难、狂热、疯癫、梅毒、结核病也都是客观存在的。这样看来，你又怎么知道他们的血脉能延续下来直到你的出世？而老祖宗的某个孩子活下来成为你的祖先，这个概率又是多大？而你的这个祖先又要一再重复这一过程，这个几率又缩小了多少？

　　总之，我们以现在这副皮囊来到世上，这个可能性是相当渺茫的，而我们的这副皮囊里，鬼才知道里面包含了多少娼妓和畸形人的基因？我们这个物种活到了现在，从概率上看，实在令人惊讶，因为太多的东西会阻碍这件事发生，比如说，原始森林中有许多比人类强壮的动物，再加上病毒、细菌、地震、火山爆发、洪水，还有人类自己干的好事，像是核武器、环境污染等等。我们这个物种早该消失了，但它没有，这是何等顽强的抵抗力。而我和你恰好是这个物种的一员，这足以让我们好好沉思一番了。

河　流

　　"永续不断的，是河流！"想想吧，源泉在山中的某处涌动，泉水从岩石间渗出，形成一条小溪，又并入一条河流，而河水一流便是数百年、数千年。部落和国家总会消亡，而河流仍在那儿，但也不是一成不变，因为江河里的水已不是那些水，只有它们的地理位置和名字不变，这使得"河流"这个词，既可用来比喻亘古不变的事物，也可用来比喻时刻变化的事物。很久很久以前，那时欧罗巴土地上的国家现在早已灭亡，人们说的语言我们今天不再熟知，但和今天同样的河流却在那片土地上流动着。正是江河的名字保存了古老部落存在的痕迹，他们确在河边生活过——虽然是很久以前，久到我们不能确切知道他们生活中的哪怕一丁点细节，只有学者们提出的饱受同行质疑的猜测。我们甚至不知道，有多少条河是在原始印欧人入侵之前被命名的，也就是说，至少是在公元前两到三千年之前。我们的文明毒化了河域，并且通过这种污染获得了一个强大的感情意义——河流成了时间的象征，象征着被毒化了的时间。然而随着源头活水不断涌出，我们相信，时间也总有一天会被净化。我是河流的信徒，我愿将我的罪孽委托给流水，让它们被带到大海。

"蓝色东欧"译丛(部分书目)

第 一 辑

- 《石头城纪事》(小说)
  【阿尔巴尼亚】伊斯梅尔·卡达莱 著

- 《错宴》(小说)
  【阿尔巴尼亚】伊斯梅尔·卡达莱 著

- 《谁带回了杜伦迪娜》(小说)
  【阿尔巴尼亚】伊斯梅尔·卡达莱 著

- 《石头世界》(小说)
  【波兰】塔杜施·博罗夫斯基 著

- 《权力之图的绘制者》(小说)
  【罗马尼亚】加布里埃尔·基富 著

- 《罗马尼亚当代抒情诗选》(诗歌)
  【罗马尼亚】卢齐安·布拉加等 著

第 二 辑

- **《我的疯狂世纪》**（传记）
  【捷克】伊凡·克里玛 著

- **《我的金饭碗》**（小说）
  【捷克】伊凡·克里玛 著

- **《一日情人》**（小说）
  【捷克】伊凡·克里玛 著

- **《终极亲密》**（小说）
  【捷克】伊凡·克里玛 著

- **《等待黑暗，等待光明》**（小说）
  【捷克】伊凡·克里玛 著

- **《没有圣人，没有天使》**（小说）
  【捷克】伊凡·克里玛 著

- **《花园里的野蛮人》**（散文）
  【波兰】兹比格涅夫·赫贝特 著

- **《带马嚼子的静物画》**（散文）
  【波兰】兹比格涅夫·赫贝特 著

- **《海上迷宫》**（散文）
  【波兰】兹比格涅夫·赫贝特 著

- **《父辈书》**（小说）
  【匈牙利】瓦莫什·米克罗什 著

第三辑

- 《乌尔罗地》（散文）
  【波兰】切斯瓦夫·米沃什 著

- 《路边狗》（散文）
  【波兰】切斯瓦夫·米沃什 著

- 《第二空间——米沃什诗选》（诗歌）
  【波兰】切斯瓦夫·米沃什 著

- 《无止境——扎加耶夫斯基诗选》（诗歌）
  【波兰】亚当·扎加耶夫斯基 著

- 《捍卫热情》（散文）
  【波兰】亚当·扎加耶夫斯基 著

- 《索拉里斯星》（小说）
  【波兰】斯塔尼斯瓦夫·莱姆 著

- 《遗忘的梦境——查特·盖佐短篇小说精选》（小说）
  【匈牙利】查特·盖佐 著

- 《流星——卡雷尔·恰佩克哲学小说三部曲》（小说）
  【捷克】卡雷尔·恰佩克 著

- 《神殿的基石——布拉加箴言录》（箴言）
  【罗马尼亚】卢齐安·布拉加 著

- 《十亿个流浪汉，或者虚无——托马斯·萨拉蒙诗选》（诗歌）
  【斯洛文尼亚】托马斯·萨拉蒙 著

第 四 辑

- 《耻辱龛》（小说）
  【阿尔巴尼亚】伊斯梅尔·卡达莱 著

- 《三孔桥》（小说）
  【阿尔巴尼亚】伊斯梅尔·卡达莱 著

- 《接班人》（小说）
  【阿尔巴尼亚】伊斯梅尔·卡达莱 著

- 《绝对恐惧》（小说）
  【捷克】博胡米尔·赫拉巴尔 著

- 《严密监视的列车》（小说）
  【捷克】博胡米尔·赫拉巴尔 著

- 《雪绒花的庆典》（小说）
  【捷克】博胡米尔·赫拉巴尔 著

- 《温柔的野蛮人》（小说）
  【捷克】博胡米尔·赫拉巴尔 著

- 《无常的夏天》（小说）
  【捷克】弗拉迪斯拉夫·万楚拉 著

- 《赫贝特诗歌精选》（诗歌）
  【波兰】兹比格涅夫·赫贝特 著

- 《垃圾日》（小说）
  【匈牙利】马利亚什·贝拉 著

第五辑

- 《壁画》（小说）
  【匈牙利】萨博·玛格达

- 《鹿》（小说）
  【匈牙利】萨博·玛格达

- 《两座城市》（散文）
  【波兰】亚当·扎加耶夫斯基

- 《另一种美》（散文）
  【波兰】亚当·扎加耶夫斯基

- 《简短，但完整的故事》（小说）
  【波兰】斯瓦沃米尔·姆罗热克

- 《三个较长的故事》（小说）
  【波兰】斯瓦沃米尔·姆罗热克

- 《乌村幻影》（小说）
  【罗马尼亚】欧金·乌力卡罗

- 《裸浴场上的交响音乐会：罗马尼亚20世纪小说精选》（小说）
  【罗马尼亚】诺曼·马内阿 等

- 《离乱之间》（小说）
  【保加利亚】安东·尼科洛夫·东切夫

- 《魔鬼作坊》（小说）
  【捷克】雅奇姆·托博尔

· 部分书名为暂定，以出版时为准 ·